创意手册
故事写作

动手写吧！

DONG SHOU XIE BA

高 翔 —— 著

齐鲁书社
·济南·

图书在版编目（CIP）数据

动手写吧！:故事写作创意手册/高翔著. -- 济
南：齐鲁书社, 2023.11
ISBN 978-7-5333-4747-5

Ⅰ.①动… Ⅱ.①高… Ⅲ.①故事 – 文学创作方法 –
手册 Ⅳ.①I054-62

中国国家版本馆CIP数据核字(2023)第150610号

责任编辑　王小倩
装帧设计　亓旭欣

动手写吧！故事写作创意手册

DONGSHOU XIE BA GUSHI XIEZUO CHUANGYI SHOUCE

高 翔 著

主管单位	山东出版传媒股份有限公司
出版发行	齐鲁书社
社　　址	济南市市中区舜耕路517号
邮　　编	250003
网　　址	www.qlss.com.cn
电子邮箱	qilupress@126.com
营销中心	（0531）82098521　82098519　82098517
印　　刷	山东华立印务有限公司
开　　本	710mm×1000mm　1/16
印　　张	19.75
插　　页	1
字　　数	243千
版　　次	2023年11月第1版
印　　次	2023年11月第1次印刷
标准书号	ISBN 978-7-5333-4747-5
定　　价	78.00元

本书使用指南

故事是什么？

常规回答：故事是讲述有意义的事件的一种文学体裁，通常是一个令人印象深刻的人物在丰富具体的世界里，经历了一段跌宕起伏的旅程，这个旅程有开头、有中间、有结尾。这是对故事的表面定义。从深层来看，故事远比你想象的要强大。

故事，是人类理解世界的一种思维方式。所有的故事，都是人对这个世界所下的注解。我们的先祖用神话来解释自然法则，用英雄史诗拓展着世界的边界，用图腾的故事标记着集体自我的归属。人类学研究表明，正是虚构故事的能力推动了人类的进化，因为相信共同的创世故事和祖先传说，才诞生了文化共同体。故事是人类共通的一种思维模式，我们把这种思维模式称为故事思维。故事思维的典型代表是荣格提出的神话原型思维。迪士尼、好莱坞的创意工作者们深谙此道，他们巧妙运用神话故事的思维模型，激活了潜藏在每个人心中的

"集体无意识"，从而打造出全球流行的超级 IP。想要深入了解神话原型思维的朋友，可以直接翻看本书第六周第六节"情节模型：所有故事的源代码"。当然，故事思维还有很多其他模型，如故事创意学模型、故事社会学模型、奇观模型、冲突模型等。通读此书，你将掌握 55 种故事创意写作思维模型，建构系统的故事认知体系。

故事，是一种创意基因。这个基因可以生长出很多创意体：童话、神话、小说、戏剧、电影、动漫、游戏……只要你掌握了故事写作的底层逻辑，就能驾驭所有的故事类文体。本书拆解了 61 个大师级的故事案例，其中既有小说，也有剧本；还提供了 55 个脑洞大开的写作练习，其中有专门针对游戏、动漫的练习题目。因此，无论你是小说作者，还是编剧或者游戏策划，相信这本书都能给你带来启发。

故事，是与自我和他人灵魂沟通的语言模式。我们童年玩的"过家家"，就是通过编故事来认识自我、展示自我。如何快速让别人了解你？讲出你的故事。故事，是我们独一无二的灵魂投射。吹牛、暗恋、做白日梦、说谎、奇遇、伤心往事——这都是每个人自发创作的故事，反映了我们内心深处的秘密。当然，打探别人的"八卦"，听取朋友的"吐槽"，也是我们的本能。我们用故事思考，用故事沟通和理解他人，我们的人生本身就是一个大故事，你要做的就是唤醒你的表达欲，立即动手去写，讲出你的专属故事。如果你感到无从下手，可以翻开本书第一周、第二周的内容。如果你刚好有时间，我们强烈建议你现在就做"重写人生脚本：激活你的写作源代码"这一节的练习，你将会惊奇地发现：人生可以通过写作而改变！

故事，是一种再造现实的强大工具。故事可以造梦，可以无中生有。迪士尼公司有一个核心部门，叫作"幻想工程师研发中心"。这个部门的工作，就是贡献天马行空的故事创意，然后这些创意会变成漫画、电影、玩具、服装，甚至变成迪士尼世界的新版图。故事，让我们拥有了创造无穷平行世界的可能性，让我们可以过千百种人生。我们在故事中冒险，在故事中疗伤，在故事中抵御孤独、恐惧，获得重新生活的勇气。更关键的是，在创意经济发展的今天，你的一个好故事可以延展为一个庞大的 IP 产业，创造不可估量的经济价值，这正是属于故事创作者的黄金时代。

如果你想精通故事写作这门强大的技艺，运用故事探索自我，改变人生，打造个人 IP，建构自己的故事宇宙，请带上这本创意手册。

你可以把这本手册当作一个 9 周的故事写作计划。全书一共九章，对标 9 周的故事写作进程，涵盖了故事写作中最重要的 10 个元素：灵感、素材、人物、人物弧、人物关系、情节、冲突、结构、叙述、风格。这 10 个元素又对应着故事写作从 0 到 1 的各个阶段：灵感激发—素材搜集—写人物小传—写故事大纲—写正文—修改和润色。你可以一周学习和操练一章，最终至少能够创作一个中短篇小说，或者电影剧本、戏剧、动漫和游戏脚本等。如果你想创作长篇小说、小说集或者系列作品，则需要延长创作时间。

你也可以把这本手册当作一个故事写作私人教练。因为，它提供了 55 个创意写作思维模型和 55 个趣味写作练习。每周的写作练习还配有专门的创意阅读范例，共计 61 个。这些范例来自诺贝尔文学奖、美国国家图书奖、鲁迅文学奖、茅盾文学奖等获奖作家作品和经典电影作品，相当于经典作家和你一起写。最理想的学习方式是：先掌握故事思维模型，然后做练习，最后再细读创意阅读案例，对标大师作品，对自己的作品进行修改。当然，你也可以只做练习，把它当作激发创意和练笔的手账本。但是，我们不建议你只读创意写作思维模型和创意阅读案例，把它当作一本故事理论和故事拆解的书，这就违背了本手册的初衷：

动手写吧！写作的终极秘密只有一个：立即去写！不断去写！

希望早日读到你的精彩故事！

目　录

CONTENTS

1

第二周

素材：打造你的故事博物馆 / 37

第三周

发现人物：从纸面走出来的独特灵魂 / 67

第七周

冲突：让读者欲罢不能的秘密 / 195

第一周

灵感：故事创意从哪里长出来

想写什么，比写什么更重要。
找到不得不写的冲动，是成为作家的第一步。

01 瞬间博物馆：从 0 到无穷的灵感曼陀罗

> 灵感是足以照亮故事前行之路的某个令人震惊的瞬间，也就是美学家莱辛所说的"富有包孕性的顷刻"。成熟的作家总是怀着一颗好奇、敏感的心去对待生活中的每个瞬间，然后赋予它们惊奇的意义。

◎ 创意写作思维模型

促使作家写一个故事的动因有很多：狂喜、愤怒、创伤、与想象中的友人倾诉，或者仅仅是游戏般的白日梦。但一个故事的诞生只有动因还不够。创作就像是一段旅程，动因只是汽车引擎，更重要的是，你要知道路在哪里——作家必须在脑海中先"看到"故事，然后才能写下来。

这时，灵感就是你创作旅程的第一个路标。

灵感是什么样子？它不是经验，不是素材，而是足以照亮故事前行之路的某个令人震惊的瞬间，借用美学家莱辛的话，是"富有包孕性的顷刻"。想想古罗马的雕塑家，要表现一个掷铁饼的运动员身体之美，他一定会选择整个运动过程中最具表现力的一个瞬间，即铁饼将掷未掷的充满无限遐想的顷刻。写作者就是生活的雕塑家，他们游荡于自己或他人的生命经历里，去捕捉那些意味深远、带有故事潜力的瞬间。

这些瞬间包括但不限于：

一个令人难忘的笑容：蒲松龄《聊斋志异》中《婴宁》一篇，其原型可能就来自于作者在赶考过程中遇到的某位极其爱笑的姑娘，她开口即笑的瞬间深深打动了作者，促使作者写出了世上最可爱的狐仙故事。

一幅需要脑补的水彩画：史蒂文森的冒险小说《金银岛》，灵感源于儿子画的一幅水彩画。史蒂文森久久地凝视着它，沿着画中的海岸线，一部夺宝传奇的经典一点点清晰起来。

一只在猪圈织网的蜘蛛：E. B. 怀特的经典童话《夏洛的网》，灵感源于作者在缅因州自家后院投喂小猪时看到的一只蜘蛛：它结网结得如此认真而优美，像是在完成一件壮举。作者经常去观察它，甚至还收集了蜘蛛的卵。《夏洛的网》之后，怀特更加留意农场里的动物，此后便有了《吹小号的天鹅》和《精灵鼠小弟》。

一次灾难：飞行员圣·埃克苏佩里的《小王子》灵感源于作者在撒哈拉沙漠的坠机瞬间。他的邮务飞机坠毁在沙漠里，极度缺水的他产生了幻觉：他看到了来自外星的小王子，还有安慰他活下去的小狐狸。

一双红色高跟鞋：日本悬疑小说家阿刀田高的许多灵感源于东京银座的街头。例如，某天他看到一双九成新的红色高跟鞋被丢弃在银座的垃圾桶旁。他驻足了很久，心想：这双鞋的主人是谁？她遭遇了什么？为何会把这么漂亮的鞋子丢弃在这里？一双高跟鞋的画面，可能蕴含着谋杀、失恋、失踪等诸多故事灵感。

　　一个突然说出的单词：惊奇的瞬间，有时是一个具体画面，有时可以简短到只是一个单词。1930 年托尔金在牛津大学批改语言学试卷时，脑海中突然响起一个莫名其妙的单词：霍比特人。他连忙在白纸上记下这个陌生的单词，而后鬼使神差地写出了第一句话："在地底洞穴中住着一个霍比特人……"一个词，就是一个巨蛋，孵化出百万字的中土大陆。和托尔金一样，纳博科夫脑中的故事一直在等待"洛丽塔"这个词出现："洛丽塔是我的生命之光，欲望之火，同时也是我的罪恶，我的灵魂。洛——丽——塔；舌尖得由上颚向下移动三次，到第三次再轻轻贴在牙齿上：洛——丽——塔。"[1] 正是说出洛丽塔这个词的瞬间，欲望与爱恨，一切关于纠缠的故事就此展开。

　　一个表情，一个物品，一个单词——灵感无处不在。成熟的作家总是怀着一颗好奇、敏感的心去对待生活中的每个瞬间，然后赋予它们惊奇的意义。就像帕斯捷尔纳克在《日瓦戈医生》中写到的那样："人不是活一辈子，也不是活几年几月几天，而是活那么几个瞬间。"不要把时间浪费在等待上……

 动手写吧！——设计灵感博物馆

　　此刻，想象你正在设计一间专属的灵感博物馆。现在，墙壁、地

---

　　[1]　[美] 弗拉季米尔·纳博科夫：《洛丽塔》，主万译，上海译文出版社 2005 年版。

板、陈列箱都是空的，需要你去搜集各种令人震惊的灵感瞬间填满它。

你可以从中外绘画史中任选一幅画，或从中外摄影史中任选一张照片，或选取某个经典电影的截图、海报。凝视着画面，描述画面或写下你的感受：可以是一个词、一个句子、一段话，或者一个故事……写完一幅画再写另一幅，也可以将多个画面拼贴在一起写。

如果你不满足于别人的画作，可以自己带着手机或相机，走到田野、海边、山上、公园或者地铁口、体育馆、天桥，甚至废墟、墓园，一切充满风景和隐喻的地方，尽可能地抓拍令你觉得有趣、震惊的画面，选出最有感觉的一张，凝视着它，写出你的灵感。

注意：一定要让你的目光穿透画面，去捕捉冰山下涌动的故事，去思考画面背后的意味。它是否像一个谜题，给你带来冲突和震惊？是否像一个钩子，悄然打捞出被你遗忘的某段生命经历？带着这种感觉去写吧！

💡 灵感瞬间 1：

灵感瞬间 2：

灵感瞬间 3：

经典作家和你一起写

扫码参考第一周范例 01

02 故事从谁开始：欢迎来到奇人学院

人类讲故事的历史始于问出"who"这个词。构思故事时，我们可以从"who"出发，设计一个奇人，让这个奇人去做一件奇事。奇人有三类：奇型之人、奇才之人、奇情之人。

◎ 创意写作思维模型

故事的灵感，始于一个疑问词：who。从问出"是谁？"开始，故事诞生了。试想，人类最初的故事——神话是怎么产生的？就是早期人类在孤独的夜晚生起篝火后问出的第一个问题：是谁（who）造了我们？或者说，我们最初的父亲是谁（who）？这一系列问题的答案就是创世神话。而当风雨交加或地震山洪之时，他们又会问：是谁（who）在天上？是谁（who）在地底？于是有了有关雷神、风神、雨神、山神、大地之母等分门别类的神话。再后来，迁徙或战争中最勇敢的人，成为英雄传说里的人物——想想奥德赛的归来。而那些在深夜突然造访的黑影，他们叩击着部落的柴门，也叩击着族人的心，为了解释那些黑影是谁（who），于是有了亡灵和鬼魂的传说。

再想想我们的童话。儿童睁开眼看到这个世界，就需要回答人生的第一个问题：面前这个人是谁（who）？于是他们学会了叫妈妈或爸爸。但是除此之外还有很多陌生访客，所以童话里的敲门声总是危机的象征——小猪或小兔躲在屋子里，他们不知道敲门的是妈妈还是大灰狼，于是那句"谁呀？"就是最扣人心弦的瞬间，孩子们知道：真正的故事开始了。

当人类讲故事的历史从神话传说和童话走到现实主义的时候，我们发现我们更加迫切而频繁地提起"谁"（who）这个词，那是因为我们比以往任何时候都更加关注"人"。当我们对别人说"我来讲个故事给你听"的时候，我们大概率会讲生活中遇到的奇人轶事。从魏晋南北朝的《世说新语》到唐传奇，再到"三言"、"二拍"、《阅微草堂笔记》，再到《阿Q正传》，都是坊间奇闻，讲的都是奇人的事，而关于普通人的普通日常，鲜有人会感兴趣。比如当你说"我来讲个故事，我有一个奇葩的同事，他……"听众一定会抱着万分期待去追问："谁呀？讲讲呗！"

如此一来，我们发现，故事就是特别的人经历的特别的事。在构思故事时，我们可以从"who"出发，设计一个奇人，让这个奇人去做一件奇事。

如果善于观察，生活中到处都是奇人。或者说，发现和讲述奇人轶事是我们的文化本能。最容易引起读者关注、最频繁被作家书写的奇人有三类：

第一类，奇型，即外形独特奇异，能让人一眼记住的人。

第二类，奇才，即拥有奇绝之才的人，天才能人、智者巧匠都在此列。

第三类，奇情，即具有奇异、古怪或独特性情之人。

从这三种类型的任意一种出发，都可以发现故事灵感。

 动手写吧！——面试奇人学院

现在，想象在你的故事世界里有一个奇人学院，你是首任校长。奇人学院只招收各式奇人，但总有一些普通的无趣灵魂混入其中。作为校长，你需要进行面试，从而筛选出最能激发灵感的奇人。

以下是参加面试的部分名单，其中涵盖了奇型、奇才、奇情三种类型，你可以随机选择一个或多个，将其作为灵感培养对象。当然，如果你对他们都没有感觉，也可以像星探那样从生活中寻找。

奇人学院面试名单

①一个爱吹牛的自大狂	②一个单纯的傻瓜
③一个化学天才	④一个跟踪狂
⑤一个眼力特别好的人	⑥一个"飞毛腿"
⑦一个满脸皱纹的婴儿	⑧一个浑身散发着香气的人
⑨一个有读心术的魔术师	⑩一个有着长鼻子的人
⑪一个能预知未来的人	⑫一个有洁癖的人
⑬一个赛车高手	⑭一个孤僻的人

你的灵感答案：

奇型之人：这是一个……他（她）……

奇才之人：这是一个……他（她）……

奇情之人：这是一个……他（她）……

经典作家和你一起写

扫码参考第一周范例 02

03 专属时间：故事从特别的时间讲起

> 难忘、独特、不可重复的时间，是故事的专属时间。第一次、最后一次、纪念日、仅此一次的事、震惊时刻，从五个时间点中的任何一个出发，都可以产生精彩的故事创意。

◎ 创意写作思维模型

如果要统计世界上用得最多的开头，那一定会是"很久很久以前……"它召唤出的是一种"听故事"的状态，是几万年前我们的祖先围坐于篝火边等待故事开场的漫漫长夜。但真正的故事，往往要从第二句"有一天"开始。"很久很久以前，有一个漂亮的小女孩，她叫小红帽"，但故事是从"有一天，她要独自带着蛋糕和葡萄酒去看望住在森林里的外婆"开始的。如果那天她抵达外婆家，平安住了一夜，第二天回家继续过平常生活，那也没有故事发生。准确来说，令读者惊心动魄的故事是从"遇见大灰狼"的那个下午开始的。也就是说，故事登场，有自己的专属时间。

难忘、独特、不可重复的时间，就是故事的专属时间。试想，42岁的普鲁斯特坐在书桌前，你问他前天吃了什么，他可能完全想不起来。但是他拿起笔，却能准确地告诉你30多年前在贡布雷莱奥妮姨妈家的那个星期天早晨吃过的一块玛德琳蛋糕的滋味。为了让你相信，他先是写了两万字，觉得不过瘾，最后写了300万字。普鲁斯特深知，似水的年华看似漫长，但只有极其有限的几个时刻值得追忆。某种意义上说，小说就是墓志铭。我们可以想象故事就是一块洁白的石板，上面能刻写的空间有限，你只能选取最重要的、最值得铭记的事去写。

故事从特别的时间讲起，这些时间包括：

第一次。故事往往从铭记第一次开始。出生、第一次恋爱、第一次忏悔、第一次独自远行、第一次跳伞、第一次赚到钱……第一次之所以会被铭记，是因为它代表着从0到1，代表着无条件的期待，即使这期待可能会遭遇挫折，但那种体验是真实而震撼的。当然，不是所有的第一次都是美好的，第一次也可能代表着伤痛，比如第一次失恋、第一次破产……但"第一次"的故事，对作家和读者来说，都有天然的吸引力。

最后一次。与"第一次"相比，"最后一次"可能蕴藏着更大的故事潜力。试想，如果你知道你即将听到的是一个人最后的话语，你会有什么感觉？最好的故事往往都是"遗言"——它一开篇就说明"这是最后一次"，因此我们会全身心投入。最后一课、临终关怀、最后的离别……都是这样。如果你不知道怎么讲日常的故事，就把它当作最后一个故事去讲，定格在"最后一次"。

纪念日。对个人来说，纪念日是刻骨铭心的记忆，是那些影响了人生走向的关键时刻。任何人的生命故事中都预先刻上了两个最重要的时间——出生和死亡，它们分别对应了生日和忌日两个纪念日，以及出生礼和葬礼两大人生仪式。一个人的出生，同时也宣示着某个女人成为母亲；一个人的死亡，则意味着一次不可挽回的别离，从此他（她）的故事只能倒着讲。除此之外，高考、大学或研究生入学与毕业的日子、婚礼、六十大寿、结婚十周年纪念日等都是人生中重要的节点。从个人上升到集体，集体的纪念日就是节日：比如春节、中秋节、国庆节、中国人民抗日战争胜利纪念日等。节日讲述的是民族的文化传统和集体记忆。

仅此一次的事。最难忘的故事，总是记录那些稍纵即逝，只能体验一次而不可重复的邂逅。比如桃花源，误入后短暂的惊喜，但是再也寻不见。比如，在年轻时遇到了真爱却没有珍惜，此后再也无法重复青春时那刻骨铭心的感觉，永失我爱。像广陵绝唱那样，只弹一次，从此再无机会听闻：永恒错过与无尽懊悔是文学的母题。

震惊时刻。故事源于一次意外的奇遇，比如鲁滨逊漂流记、爱丽丝跌入兔子洞、格里高尔一觉醒来变成了一只甲虫。或者，某个惊心动魄的关键时刻，比如鸿门宴、诺曼底登陆。或者，仅仅是生活中遭遇的小概率事件：想想你在酒局上都吹什么牛？遇到世外高人？或者遭遇地震？无论是幻想还是现实，震惊无处不在，震惊时刻就是故事开始的时刻。

✏️ 动手写吧！——标注生命册

想象你和《冒牌天神》里的布鲁斯一样，带着对幸福的追问来到了人生档案室。在那里你发现了一叠厚厚的生命册，上面详细记录着从你出生到此刻，甚至未来每一分每一秒所发生的事。现在，你有一支神奇的笔，可以把一生中最值得铭记的时刻标记出来，并写下批注。你发现在这些时刻，你做出了重大的选择，遇到了最重要的人，获得了前所未有的体验。当你标注出它们的时候，你才领悟到：原来生命竟是如此丰富！

下面是一些提示。你可以从中选择一些时间进行标注，写下你想到的生命故事。既可以写自己，也可以写你虚构的某个人物；既可以写过去，也可以写未来。

标注生命册	
①第一次怦然心动	⑩一个风雨交加的夜晚
②第一次出门远行	⑪一次没有说出口的道歉
③第一次住院	⑫决定一生的考试
④今天结婚啦！	⑬一次影响一生的回答
⑤第一次做妈妈	⑭惊心动魄的奇遇
⑥最后一次见到他（她）	⑮最快乐的一天
⑦不一样的过年	⑯最幸福的时刻
⑧失恋一周年纪念	⑰最痛苦的一个月
⑨一个难忘的生日	⑱最美妙的假期

你的特别标注 1：

你的特别标注 2：

你的特别标注3：⋯⋯⋯⋯⋯⋯⋯⋯⋯⋯⋯⋯⋯⋯⋯⋯⋯⋯⋯⋯⋯⋯⋯⋯⋯⋯⋯⋯⋯⋯⋯⋯⋯⋯⋯⋯

⋯⋯

⋯⋯

⋯⋯

⋯⋯

⋯⋯

⋯⋯

⋯⋯

经典作家和你一起写

扫码参考第一周范例03

04 专属空间：故事在奇观里诞生

> 故事在奇观里诞生。奇观，是一个奇异、壮观、令人震惊的空间。运用反常化、极致化、密室化三个口诀，可以将任何一个空间变成奇观，产生故事创意。

◎ 创意写作思维模型

故事有自己的专属时间，也有自己的专属空间。鬼故事总是发生在荒村、古堡，冒险故事总是发生在密林幽谷、山洞或孤岛，科幻故事总是发生在实验室、飞船或未来城市。

故事从一个特别的空间开始。换言之，故事在奇观里诞生。奇观是什么？奇观就是一个奇异的、壮观的、令人震惊的空间。你的主人公主动探索或者偶然误入了这个空间，从而发生了一系列奇妙的故事。

奇观设计，有三个口诀。利用这三个口诀，你可以尝试把任何一个空间打造成奇观，从奇观中生发出绝妙故事。

第一个口诀：反常化。 把一个空间中的任意元素反常化，就有了故事。比如，哈利·波特第一次参观魔法学院，表面看去它就是个古堡，但细看才发现：里面的楼梯会自动摆动，油画中的人会皱眉和吐舌头。J. K. 罗琳用的就是反常化手法。

这个方法很简单，先从空间里找到一个元素，如家具、陈设等，写出一个符合常识的陈述句，比如，一个固定的、木头或水泥做的用于上下的楼梯。然后将它的形态、材质、功能等反常化，写出一个别人意想不到的描述，例如：一个面包做的楼梯（童话风格），一个用骷髅或鳄鱼皮铺设的楼梯（哥特风格），一个有着汉白玉扶手的镶钻楼梯（富豪的猎奇风格），一座500米高的烟花做的梯子（蔡国强的艺术作品），魔豆长成的通天梯（电影《巨人捕手杰克》），一个无限循环的楼梯、迷宫的楼梯（电影《意外空间》）。

随机举一个例子，现在你要写一间卧室里放了一张床。如何运用反常化手法，瞬间写出吸引人的故事创意？比如，迪士尼动画电影《飞天万能床》里的床会飞；电影《逆世界》里的床是上下颠倒的，床在天花板上；侦探小说里的床，可能是杀人工具；恐怖小说里的床，可能是鬼的藏身之处。

第二个口诀：极致化。 把一个普通空间放大或缩小，推向极致，营造奇绝的空间。如写一个楼，要写高耸入云的楼（《聊斋志异》中的"海市蜃楼"）；写一个岛，要写如梦如幻的岛（小说《镜花缘》）。要么就写极致大，比如乐山大佛、长城。要么就写极致壮阔，比如竹海、云海。要么就写极致小，比如误入蝼蚁之国（戏曲《南柯记》）；缩小到米粒大，误入草丛和蟑螂斗智斗勇（电影《亲爱的，我把我们缩小了》）。要么就写极致美，如无边无际的菊花（电影

《满城尽带黄金甲》），满目的薰衣草花海（电影《十面埋伏》），一片金黄的银杏或层林尽染的枫林（电影《英雄》）。要么就写极致怪，如白天满是猫鼬，晚上则全是酸水的食人岛（电影《少年派的奇幻漂流》）；表面是灵山佛祖修行的庙宇，其实是黄眉怪的魔窟（《西游记》中的"小雷音寺"）。

　　第三个口诀：密室化。把任何一个空间打造成密室，它就成了被聚焦的戏剧舞台，就成了故事迷宫。密室小说是悬疑惊悚小说的专门类型，美国推理小说家约翰·狄克森·卡尔在《密室讲义》中还总结过密室杀人的十三种手法。密室故事的主要看点有两个：一是巧妙的复杂的密室机关；二是密室中充满悬念的人际关系。前者主要偏重冒险元素，代表作品有《饥饿游戏》《移动迷宫》这样的密室逃脱故事；后者侧重推理元素，比如阿加莎·克里斯蒂的《无人生还》《捕鼠器》、东野圭吾的《白马山庄杀人事件》等。

　　恐怖故事里的空间也是密室。地上恐怖空间的典型是荒宅，一个充满幽灵、咒怨、巫术和恶魔的与世隔绝的封闭空间，如电影《万能钥匙》中的路易斯安那州老宅。地下恐怖空间的典型是墓穴，《盗墓笔记》就是一个个地下奇观故事的连缀，其中有青铜做的神树、巨蟒、骷髅、僵尸、巨型蜘蛛、密密麻麻的尸蟞等。

✏ 动手写吧！——奇观艺术游乐园

　　你去过迪士尼游乐园吗？现在你也有机会去设计这样一个奇观世界，将你的故事显化为一个个可以沉浸体验的迷人空间。以下是根据故事类型设定的奇观名称，它们或奇幻，或浪漫，或恐怖，你可以依据你的喜好自由选择其中的一个或多个进行设计。首先，运用奇观设计的理论描述这个空间，尽可能地让它达到极致、震撼的效果；然后，再写出这个奇观空间内可能会发生的故事。

当然，如果以下的提示你都不满意，也可以自由写作一个奇观故事。

类　型	名　称
科幻奇观	星际穿越中转站、未来城市
浪漫故事奇观	秘密花园、至乐之城
童话奇观	女巫古堡、仙女衣橱
悬疑奇观	永远逃不出的密室、犯罪城市
探险故事奇观	仙侠冒险谷、荒野部落
惊悚故事奇观	恶魔村、噩梦迷宫

奇观 1：

奇观 2：＿＿＿＿＿＿＿＿＿＿＿＿＿＿＿＿＿＿＿＿＿

＿＿＿＿＿＿＿＿＿＿＿＿＿＿＿＿＿＿＿＿＿＿＿＿＿＿＿

＿＿＿＿＿＿＿＿＿＿＿＿＿＿＿＿＿＿＿＿＿＿＿＿＿＿＿

＿＿＿＿＿＿＿＿＿＿＿＿＿＿＿＿＿＿＿＿＿＿＿＿＿＿＿

＿＿＿＿＿＿＿＿＿＿＿＿＿＿＿＿＿＿＿＿＿＿＿＿＿＿＿

奇观 3：＿＿＿＿＿＿＿＿＿＿＿＿＿＿＿＿＿＿＿＿＿

＿＿＿＿＿＿＿＿＿＿＿＿＿＿＿＿＿＿＿＿＿＿＿＿＿＿＿

＿＿＿＿＿＿＿＿＿＿＿＿＿＿＿＿＿＿＿＿＿＿＿＿＿＿＿

＿＿＿＿＿＿＿＿＿＿＿＿＿＿＿＿＿＿＿＿＿＿＿＿＿＿＿

＿＿＿＿＿＿＿＿＿＿＿＿＿＿＿＿＿＿＿＿＿＿＿＿＿＿＿

＿＿＿＿＿＿＿＿＿＿＿＿＿＿＿＿＿＿＿＿＿＿＿＿＿＿＿

经典作家和你一起写

扫码参考第一周范例 04

05 物语世界：物的符号催生故事

故事，从一个特别之物讲起。它可以是人生中独一无二的隐喻、至关重要的见证、不可替代的线索、幻想出的神奇宝物。运用这四个角度，即使是从一堆垃圾中也能衍生出故事创意。

◎ 创意写作思维模型

日本人把故事称作"物语"。物语，就是让各种物开口讲话，就是从各种物中衍生出故事。我们生活在一个物的世界，各种物共同构成了丰富的生活景观，见证着我们的喜怒哀乐。想一想那些曾经让你感动的事物：可能是窗台的一盆花，或者脚下的一只猫，或者朋友送的一双手套，它们都是我们人生博物馆里的珍藏。而作家是比一般人拥有更多藏品的收藏家，因为他们对万物保有好奇，悉心收集和记录各种物的符号。这些物的符号，就是故事灵感的催化剂。

故事，从一个特别的东西讲起。它可以是一件见证了某个人生阶段的日常物品，代表某种重要关系的信物；也可以是一件幻想出的神奇物品，一个可以改变命运的宝物。使用如下四种创意思维模型，你可以尝试从任何一件物品出发，写出富有创意的专属故事。

独一无二的隐喻。 一花一世界，一叶一菩提。植物、动物、美食，都蕴含着故事创意。王小波从"一只特立独行的猪"身上，不仅看到了知青生活的压抑与伤痛，同时还看到了某种超越性。这是文学史上最令人难忘的一只猪，是自由主义、浪漫英雄主义浓缩的符号。布鲁诺·舒尔茨的《鸟》则通过一群养在屋顶的鸟隐喻父亲偏执的性格以及儿子与父亲的关系。作家们表面写一只猪、一群鸟，其实都是对人性的投射。正如《金刚经》所说的那样，万物皆有我相，在万物中能看到众生相，在众生相里看到的也都是我相的投射。美食也是如此，一小块玛德琳点心蕴含着穿透时间的魅力，那是普鲁斯特的私人记忆，却感染着全人类的味蕾；电影《双食记》中，美食巧妙地成为爱情毒药，引出报复出轨的故事；而《深夜食堂》《南极料理人》中，美食则是人与人温情的纽带，蕴藏着一种生活美学和人生智慧。

至关重要的见证。 人生各个阶段都有至关重要的见证物，可能是奶奶做的一双虎头鞋、妈妈送的一个玩偶、为初恋对象编织的一条围巾，也可能是一个奖杯、一张结婚证书等。悉心搜集这些见证物，引发背后的回忆，就能产生出许多动人故事。克罗地亚艺术家奥林卡·维斯蒂卡的《心碎博物馆》一书就收录了 200 个与失恋记忆相关的物件——塞在瓶中的婚纱、一张撕碎的照片、一个发条玩具、一个犀牛公仔等，每个物件对应一个爱情故事。物的故事，往往和人有关。正如我国台湾作家三毛在收录了 86 件旅行纪念品的故事集《我的宝贝》开篇写的那样："常常，在夜深人静的夜里，我凝望着一样又一样放在角落或者架子上的装饰，心中所想的却是每一个与物品接触过的人。因为有了人的缘故，这些东西才被生命所接纳，它们，就成了我生命中的印记。"①

不可替代的线索。故事需要线索，有时一件物品就可以串联起整个庞大的故事。托尔金中土大陆的幻想故事都是围绕争夺、守护神奇"魔戒"展开的；电影《盗梦空间》里区分梦境和现实的唯一标志物就是旋转的陀螺，陀螺停止就是现实，陀螺永动则是梦境；《黑客帝国》中判断虚拟世界和现实世界的象征物，就是那把能否用意念弯曲的勺子；莫泊桑的《项链》里，主人公玛蒂尔德的命运就是因一条钻石项链而改变，借项链—丢项链—赔项链—得知真相，她的人生就像一条项链一样，起起落落，串联起来。

幻想出的神奇宝物。赋予一件物品以神奇的功能，就可以创作关于夺宝的探险故事或童话寓言。比如，一支神奇的笔，画什么就可以立即拥有什么，这就是《神笔马良》的故事。漫画《哆啦A梦》里，机器猫每次都可以从口袋中变出一个神奇的发明来解决难题。日剧《世界奇妙物语》就是一个个带有暗黑童话色彩的都市传说，比如某个男子突然获得了幸运戒指，戴上它不仅买彩票中大奖，还能抱得美人归，后来发现那是一枚被诅咒的戒指，最终主人公被戒指所吞噬。为普通事物设计意想不到的神奇功能，也可以成就创意故事，比如一双可以飞起来的鞋子、一项能够读心的帽子……

---

① 三毛：《我的宝贝》，北京十月文艺出版社2011年版。

动手写吧！——回收故事练习

纽约大学有一门特别的创意写作课，叫作"垃圾场写作工作坊"。整个学期，学生们会在导师带领下参观纽约最大的垃圾处理厂，并在那里仔细观察每一件被遗弃的物品，想象它们的前世今生。一个破旧的公仔，也许代表着一个离异家庭的小女孩被迫离开父母一方时丢下的温暖童年；一个少了电池的收音机，也许是爷爷的遗物，有无数的黄昏，他坐在那里收听余生；一摞厚厚的、已经散乱的速写本，也许是某个怀揣画家梦的少年在屡次失败后的自我否定。

每个垃圾都有自己的往事，现在，你就是从垃圾处理厂回收故事的人。

我们为你提供了一些常见的垃圾和它们可能的主人。发挥联想，运用连线组合的方式，为这些垃圾匹配它们的主人，写出这个垃圾代表了主人怎样的奇妙故事。它可以是一个独一无二的隐喻，也可以是至关重要的见证，也可以是不可取代的线索，或者神奇物品的寓言。如果你觉得我们提供的"灵感垃圾桶"不够吸引人，你自己也可以选择其他物件，自由为它们分配主人，写出故事。

一只被遗弃的小狗	一个 9 岁的小男孩
一双九成新的手工布鞋	一个 17 岁的少女
一堆空的二锅头酒瓶	一个 65 岁的老爷爷
一条被剪断的裤子	一对夫妻
一块手表	一个逃犯

27

带血污的白色地毯	一个 30 多岁的漂亮女子
一绺头发	一个三口之家
一串生锈的钥匙	一个医生
一个空药瓶	一个警察
掉了一个镜片的眼镜	一个 40 多岁的男人
一根鱼骨	一个富豪
没有钻戒的钻戒盒	一个演员
一个旧手机	一群大学生

你回收的故事 1：

你回收的故事 2：

你回收的故事 3：

经典作家和你一起写

扫码参考第一周范例 05

06 故事从如果开始：if 的创意公式

> 故事从运用 if（如果）提问开始：What if……（假如……会怎样）；If only……（如果当初……会怎样）；If……What next（如果继续这样，会怎样）。好的故事创意是错位的假设、带有危机的假设，或者是一个有趣的例外。

◎ 创意写作思维模型

故事源于和现实相反的假设，就像弗洛伊德说的那样，文学是作家的白日梦。著名科幻小说家阿西莫夫曾经总结过一个创意公式，他认为所有的科幻小说都源于三个由 if（如果）组成的疑问句。

第一个疑问句：What if……（假如……会怎样），即科幻作家提出了一个反常识的假设。这个假设如果符合科学原理，在未来能够实现，那就是硬科幻；如果只是奇思妙想，是人性的欲望投射，那就是软科幻。比如，英国作家 H. G. 威尔斯 1897 年的科幻小说《隐形人》

的创意就可以概括为：如果有一种药水能让人隐形会怎样？在他的故事里，隐形的科技使主人公格里芬走火入魔，迎来毁灭。同理，我们可以问：如果人能长生不老会怎样？（电影《这个男人来自地球》）如果能够走入他人梦境会怎样？（电影《盗梦空间》）现在，想象一种现实中无法实现的愿望、能力，然后写一个故事灵感。比如：如果男人能够生孩子会怎样？如果人失去痛觉会怎样？

第二个疑问句：If only……（如果当初……会怎样），即科幻作家提出了一个反历史的假设。如果当初，不是人类统治了地球，而是猩猩，会怎样？这就是电影《人猿星球》的创意：一群具有智能的人猿主宰着地球，而人类只是不会说话的奴隶和被研究的实验对象。阿越的经典穿越小说《新宋》的创意也与此类似：如果宋神宗时期变法成功了，运用现代知识改造国家会怎样？主人公历史系学生石越穿越到北宋，改进纺织机、活字印刷术，创办大学，办报纸，研究现代武器，提出几百年后才会出现的先进理论，创造了一个"全新的宋朝"。我们还可以大胆发挥想象：如果当初，秦始皇真的寻到了长生不老药会怎样？如果当初，母系氏族社会一直延续到今天，会怎样？

第三个疑问句：If……What next（如果继续这样，会怎样），即基于现状，科幻作家对未来的假想。许多科幻作家对未来是悲观的，比如灾难片《后天》《2012》，讲述的都是末日创意。电影《未来水世界》直接假设未来冰川消融，地球成为一片汪洋，人类只能在船上漂泊或建设小面积的人造岛来求生。那时，基因也发生了改变，演变出大量带鱼鳃的变种人，"土壤"成为最宝贵的资源。而在《雪国列车》中，未来地球是一片冰天雪地，幸存的人类只能躲在一列永恒开动的列车中，但是随着人口膨胀，他们必须发动革命。

　　除了科幻故事，其他类型的故事也可以用"如果……"的句式激发灵感，但不是所有的"如果……"都能产生创意。你的假设需要是有趣的、震撼的，或能够引起反思的。现在，你可以写三个假设：

　　写一个错位的假设。发生了一件离奇的事，接下来该怎么办？比如卡夫卡的《变形记》：一天早晨，格里高尔·萨姆沙从不安的睡梦中醒来，发现自己躺在床上变成了一只巨大的甲虫。布尔加科夫的《狗心》：闻名欧洲的医学教授做了一个大胆的实验，将一名死去男子的脑垂体植入一条狗的体内，试图发现促成人类肌体年轻化的奥秘。然而出人意料的是，实验造出了一只有着人形却没有道德的"疯狗"，他无耻下流，为所欲为，甚至要杀掉教授，万不得已，教授和他的助手重又将其变回狗身。

　　写一个带有危机的假设。一个人的人生突然发生了意外或碰到了难题，他（她）该怎么办？比如，斯蒂芬·金的《四号解剖室》，讲的是一个中了蛇毒无法说话的活人被误以为尸体，他被推到了解剖室，接下来该怎么办？他如何自救？同理，如果一个少女发现自己意外怀孕了，她该怎么办？一个富豪突然破产，欠下了巨额债务，他该怎么办？一个孩子突然失去了双亲，他怎样面对孤儿人生？

　　写一个有趣的例外。我国台湾作家杨照曾经说，所有的故事创意始于一个例外：如果有一匹马，刚好不会跑呢？如果有一条鱼，刚好不想活在水里呢？[①] 进一步说，故事源于寻找另一种可能。如果有个男人发现自己有性别认同障碍，他就想做个女人呢？如果有个皇帝，他不想要江山，就想做个平民呢？如果……

---

① 杨照：《故事效应：创意与创价》，辽宁教育出版社 2011 年版。

动手写吧！——梦想成真笔记本

现在，想象一下，幸运的你获得了一个能使梦想成真的神奇笔记本。翻开扉页，上面记录了它的使用说明：

1. 在笔记本首页务必写上自己的名字，然后毫无杂念地凝视它，才能召唤它的神力。该笔记本只对你有效，转借他人，将立即失去神力。

2. 请你用"如果……就好了"这个句式在空白页上写下你的奇思妙想。即使是再荒诞的白日梦，只要写上去，你就可以立刻进入所写的那个幻想世界。比如你写："如果我能去一个满是蛋糕的世界就好了。"写下这句话后，笔记本就会释放能量，让你即刻穿越进蛋糕世界。进入幻想世界以后，你可以随时在笔记本上补充你想要的细节，比如"如果都是巧克力蛋糕就好了"，那么你将只看到巧克力味道的蛋糕。

3. 一张纸只可以写一个主题愿望。你在幻想空间只能待一天。回到现实后，这张纸作废。梦想成真笔记本页数有限，请谨慎使用。

4. 不可以写伤害别人的诅咒，否则笔记本立即消失。

现在，写下你想要穿越到的世界，细节越丰富越好，比如"如果我是宇航员就好了""如果我拥有读心术的超能力就好了"……体会一下"如果"的语言魔力吧！

第一页：如果……就好了……

第二页：如果……就好了……

第三页：如果……就好了……

经典作家和你一起写

扫码参考第一周范例 06

创意阅读：破译 13 部大师作品的灵感密码

　　如果你对写作练习没有头绪，或者想对灵感激发的原理进行更深入的学习，请参考如下为你精心挑选的 13 部经典作家作品范例：

　　第一周创意阅读作品索引：

　　1.〔美〕特蕾西·雪佛兰：《戴珍珠耳环的少女》（奥斯卡金像奖提名电影原著小说）

　　2.〔美〕菲茨杰拉德：《本杰明·巴顿奇事》（同上）

　　3. 冯骥才：《俗世奇人全本》（鲁迅文学奖获奖作品）

　　4.〔清〕吴敬梓：《儒林外史》（古代讽刺小说经典）

　　5.〔土耳其〕奥尔罕·帕慕克：《纯真博物馆》（诺贝尔文学奖获奖作品）

　　6.〔美〕杰弗里·尤金尼德斯：《中性》（普利策小说奖获奖作品）

　　7. 余华：《在细雨中呼喊》（法兰西文学和艺术骑士勋章奖获奖作品）

　　8.〔法〕阿尔贝·加缪：《局外人》（诺贝尔文学奖获奖作品）

　　9.〔清〕蒲松龄：《聊斋志异》（古代经典短篇小说集）

　　10. 刘庆邦：《鞋》（鲁迅文学奖获奖作品）

　　11. 王十月：《喇叭裤飘荡在 1983》（鲁迅文学奖获奖作家作品）

　　12. 电影《冒牌天神》（好莱坞人民选择奖获奖喜剧电影）

　　13.〔以色列〕埃特加·凯雷特：《谎言之境》（以色列短篇小说大师作品）

第二周

素材：打造你的故事博物馆

生活充满了事实，
对事实的重新剪辑，就成了故事。

01 重写人生脚本：激活写作源代码

写作从写自己开始，用故事回应你最关心的人生难题，用故事去打开内心的秘密之门。这就是激活写作源代码的过程。

◎ 创意写作思维模型

任何写作都是从写自己开始的。创意写作的第一堂课就是：写你知道的，发现你的声音。很多作家拥有独特的、别人没有体验过的传奇经历，这些经历就是写作的富矿。比如，海明威参加过两次世界大战，在"一战"中救助伤兵，依据其在米兰红十字会医院的经历创作了《永别了，武器》；"二战"中他随军做战地记者，参加了解放巴黎的战斗，还一度当过反法西斯的情报员，依据"二战"经历他写出了《丧钟为谁而鸣》《过河入林》等小说。海明威还在古巴、非洲等地打猎、探险、旅行，这些经历都收在了《乞力马扎罗的雪》等小说中。此外，英国作家毛姆在"一战"中做过英国特情局的间谍，以此经历写出了著名间谍小说《艾兴顿》，后者为希区柯克的电影《秘密特工》提供了样本。中国作家阿乙上过警校，做过警察，他的这段经历成为他几乎所有创作的素材来源。从那些琐碎的小案件中，阿乙得以洞悉底层人性，写出了《鸟，看见我了》《灰故事》《下面，我该干些什么》等作品。

有人会提出疑问，认为自己的人生平平无奇，没有丰富的阅历，也就没什么故事可写。其实，阅历与故事创造力之间没有直接关联，文学史上独坐书斋的大师级作家数不胜数，如博尔赫斯、卡夫卡等。最重要的是自我发掘，即怀着创意的、重新发现的眼光去审视自己的人生经验。正如迈克尔·拉毕格在《开发故事创意》中所说的那样："你的经验已经足够：到了成年的年纪，你几乎会把生活的各方面都直接体验或间接经验了一遍：胜利、失败、爱、恨、被逐出伊甸园、死亡等。一个年轻人缺乏的从来不是经历，而是怎样去辨别、珍视、塑造这些经历。"① 我们可以把人生比作一个编程脚本，只有激活了写作的源代码，我们才能发现属于自己的独一无二的灵魂，带着强烈的写作冲动去讲述、创造人生的更多可能。

那么，怎样激活写作源代码？

首先，找到现阶段你最关心的一个人生难题，通过故事写作来回应它。比如，你刚刚失恋，你需要直面的就是爱情的难题，你真的很想知道：为什么明明那么好，但还是没有办法走下去？到底怎样去爱和被爱？如何处理亲密关系中的伤害？当你直面这些难题的时候，你就可以带着强烈的问题意识去回顾、反思你的恋爱经历，通过写一个

---

① ［美］迈克尔·拉毕格：《开发故事创意》，胡晓钰、毕侃明译，北京联合出版公司 2016 年版。

爱情故事来回应内心的困惑，抚平创伤，更新对爱情的认知。当然，你可能面临的是事业的瓶颈，是人生的虚无感，是对工作的厌倦，是对死亡的恐惧等，直面这些真实的烦恼，它们能自发生成许多有创意的故事。实际上，许多作家终其一生写了很多故事，但其实都是在回应同一个问题。比如卡夫卡，所有的创作都是在处理和父亲的关系；莫言的写作从饥饿的童年经验开始，延伸到苦难与孤独；福克纳写美国南方的阴雨绵绵；鲁迅写自己的鲁镇……他们的写作源代码一旦被激活，就有无穷的传奇、无尽的故事。

　　你也可以回到过去，打开往事的秘密之门。想一想我们最初的写作冲动是什么？也许不是渴望与别人交流，而是想写下自己的心事，然后把它封存在日记里。这是一种非常矛盾的心理。几乎每个人在青少年时都有一个记录秘密的日记本，这些秘密有可能是对父母的埋怨，或者是自己无法言说的暗恋，或者是内心受到的伤害，无处排解的忧伤……我们怀着巨大的倾诉欲写下这些秘密，但又不希望别人看到，于是会在上面上一个锁。写作的源代码就是这个真实的、鲜活的，忍不住要说出来又害怕被人看到的秘密。一个好的作家拥有极大的勇气说出这个秘密，他可能会运用变形、虚构、置换元素等方式对秘密进行包装，但本质上，他不断把自己的伤疤展示给读者——打开秘密之门的过程，也是接纳自我的过程。

　　总之，带着你最关心的人生难题，直面内心的隐秘自我，写任何经历，你都能写出独一无二的灵魂。

 动手写吧！——人生遥控器

　　想象现在你获得了一款"人生遥控器"，你可以按照如下的方式使用它，来重写人生剧本：

1. 按下倒退键，你可以带着未解的人生难题穿越回过去的某个人生阶段，可以是初中时代、初恋的那一年，也可以精确到过去某个重要的瞬间，比如高考志愿填涂的瞬间。你能够回到过去，重新选择你想要的人生。

2. 按下快进键，你能够穿越到未来某个人生阶段，让未来的自己回答此刻的自己。你可以精确选择年份，或者直接跳到生命终结的前一天。不过，一旦按下快进键，就不能再倒退了，除非重启。

3. 按下暂停键，你可以永远保持此刻。就像电影《土拨鼠之日》那样，你怎样过一天，你就怎样过一生。

4. 按下重启键，你将取消一切操作，从过去、未来回到当下。但是，重启键只能按一次。

现在，重新审视你的人生，你想去哪个频道呢？

回到过去的频道：我一睁眼，发现自己……

💡 去往未来的频道：我穿越到了……

_____

_____

_____

_____

_____

💡 重复此刻的频道：时间停在了这一天……

_____

_____

_____

_____

_____

_____

经典作家和你一起写

扫码参考第二周范例 01

02 熟悉而陌生的故事：家族访谈

故事不在远方，就在身边。家族口述史、长辈的日记、族谱和地方志都是非常珍贵的灵感宝库，在那里有许多被遗落的故事等待你去发掘。

◎ 创意写作思维模型

我们总是有一种错觉，认为故事在远方。其实，我们的父母、爷爷奶奶、外公外婆，还有故乡的祖辈身上有太多的传奇可以挖掘。我们不得不承认，父母亲戚可能是我们最熟悉的陌生人。正因为他们离我们太近，以至于我们忘了他们也曾有过青春，也曾有过烦恼和冒险。在欧美的创意写作专业里有专门的一门课，叫作"家庭叙事与家族史写作"。

许多作家都热衷于从家谱、族谱、地方志、档案、他人的日记或手稿中获取素材。例如，莫言的《红高粱》中"我"爷爷、奶奶的故事，《丰乳肥臀》中母亲的故事，《红蝗》中的蝗灾故事，《蛙》中主抓计划生育的产科大夫姑姑的故事，这些素材都是从家谱，特别是高密东北乡的地方志里搜集而来。阎连科的小说《炸裂志》虽然是写虚构的乡镇"炸裂镇"的故事，但通篇又是以编写地方志的方式将故事勾连起来。这种魔幻现实主义，也是阎连科在翻阅了大量河南地方志材料基础上进行创意化再造的。

 动手写吧！——"明星家族"访谈

想象你是一个著名访谈节目的主持人，从你的父母、爷爷奶奶、外公外婆、兄弟姐妹或其他亲戚中任选一个人，你要把他（她）当作神秘的明星，像对待陌生人那样清空你对他（她）的一切固有认知，抱着完全的好奇心去采访他（她）。你将发现，你以为你了解他们，其实完全不了解，只是习惯了和他们在一起。以下是一些访谈提示，也许对你有帮助：

1. 向亲人了解那些在你出生之前发生的事，如父母的恋情、母亲生育的过程、他们的童年时代、他们的求学经历等。

2. 根据家谱或老照片，让他们讲述往事的细节。

3. 让他们谈一谈和其他亲人之间印象深刻的故事。比如，讲述他们如何养育你的故事，他们如何孝顺或反叛父母的故事，他们和兄弟姐妹的冲突或手足情深的故事等。

4. 让他们回顾人生，得出一些感悟。或者以"如果"的方式假设：如果能回到青春，他们想做什么？

问题不限于以上这些。在访谈时请做好记录，从中选择一个或多个令你震撼的事件、细节，写出你的家族史故事。你既可以用第三人称讲述，也可以换位思考，站在他们的内视角重写他们的生命史，比如谈一谈"我"（爸爸）和当年的"她"（妈妈）是怎样相恋的……

你访谈的故事：

经典作家和你一起写

扫码参考第二周范例 02

03 作家灵感小报：搜集新闻故事

新闻能够为小说和电影提供源源不断的素材。许多作家都有刻意记录新闻的习惯。当然，你也可以化身记者或人类学家，自己去寻找新闻，获取第一手资料，创作非虚构小说。

◎ 创意写作思维模型

新闻是真实发生的重要事件，有时它只是一个简短陈述的消息。新闻虽然没有故事那样丰富，却能够为小说和电影提供源源不断的素材。许多作家本身就是新闻记者出身，比如海明威、马尔克斯，他们从新闻中获得故事的雏形。还有一些作家虽然不是记者出身，但很早就养成了每天关注报纸、电台，浏览和记录新闻的习惯。正如巴尔扎克所说，作家应该做时代的书记员。他在写《人间喜剧》时，的确摘录和借鉴了大量的新闻报道。路遥准备《平凡的世界》的创作笔记时，参考了十年的《人民日报》，剪报都有一摞高。

改编自新闻的小说和电影数不胜数，其中以犯罪类新闻最多。因为罪案能够第一时间引起读者的关注，也能使人更深入地反思人性。比如：

新新闻主义代表人物杜鲁门·卡波特的小说《冷血》，以 1959 年在美国堪萨斯州发生的一系列谋杀案为素材，其中对两个凶手的传记式剖析让人印象深刻；

电影《亲爱的》改编自 2008—2011 年彭高峰夫妻花费三年寻找被拐儿子乐乐的社会新闻；

电影《解救吾先生》取材于 2004 年 2 月 3 日著名影星吴若甫在北京遭遇绑架，18 小时后被警方成功救出的新闻；

电影《踏雪寻梅》以 2008 年轰动香港的"4·27 王嘉梅碎尸案"为原型，因为案件真凶人尽皆知，所以导演并未像一般刑侦片那样侧重破案过程，而是聚焦于犯罪心理的深掘；

电影《可可西里》以 1994 年遭盗猎分子杀害的"环保卫士"杰桑·索南达杰的事迹为原型。索南达杰和四名巡山队员在保护区抓获 20 名盗猎分子，缴获了 7 辆汽车和 1800 多张藏羚羊皮。但在押送途中，索南达杰遭歹徒袭击，不幸牺牲。

还有一些故事则改编自具有争议性的社会热点事件。比如电影《我不是药神》改编自 2015 年的"陆勇案"，身患白血病的陆勇因向数千名病友代购代售印度仿制抗癌药而被起诉，在社会的广泛关注下，陆勇被无罪释放。

国家重大外交事件、灾难应急案件等，也能够改编成很好的主旋律故事，只是难度比较大。比如，《湄公河行动》根据"10·5 中国船员金三角遇害事件"（湄公河惨案）改编；《红海行动》以 2015 年也门撤侨事件为背景改编；《中国机长》则取材自川航 3U8633 航班飞行过程中成功处置突发险情的新闻事件。

当然，你也可以化身记者或人类学家，自己去寻找新闻，获取第一手资料，创作非虚构小说。马尔克斯的《一个海难幸存者的故事》和《一起连环绑架案的新闻》，都是马尔克斯亲自采访和实地调查的手记整理而成。有时，这种调查需要你深入从未涉猎过的地方，甚至有些危险。比如，阿列克谢耶维奇的小说《我不知道该说什么，关于死亡还是爱情》里，作者访问了上百位受到切尔诺贝利核事故影响的人，有无辜的居民、消防员以及那些被征召去清理灾难现场的人员。他们的故事透露着恐惧、愤怒和不安。而对这些故事的搜集、书写也需要很大勇气。当然，大多时候，发现新闻并不难，只需要耐心和一双充满好奇的眼睛。比如全球特稿写作的典范盖伊·特立斯的非虚构故事集《被仰望与被遗忘的》一书，作者像一只蚂蚁一样细致入微地遍历纽约这座城市的各种人和他们背后的各种故事：俱乐部门口的擦鞋匠、高级公寓的门卫、公交车司机、大厦清洁工、建筑工人，当然还有弗兰克·辛纳屈、乔·迪马乔、彼得·奥图尔等明星。

动手写吧！——编辑作家灵感小报

想象你是《作家灵感小报》的主编，这份报纸记录着当天你觉得最有故事改编潜力的新闻。换言之，这就是你的专属素材笔记本。你需要每天记录至少一个新闻，并对其进行深度挖掘，将其扩充为丰满可信的人性故事。步骤是这样的：

首先，浏览电视、报纸、网站、公众号等各种媒体上真实的社会新闻报道，从中选择一个让你震惊、困惑、印象深刻的新闻，将其标题和出处写出来。

其次，挖掘这个报道中的空白点：人物的心理活动、行为动机、对话、前因后果、隐藏的欲望和冲突、可能的后续发展等。

最后，根据你的合理想象和自身的生活经验，将这则新闻扩充成一个更丰富的故事或者片段，写在《作家灵感小报》上。

💡 今日新闻故事：

经典作家和你一起写

扫码参考第二周范例 03

04 惊奇小酒馆：那些被反复讲述的故事

> 神话、童话、民间传说、都市传说、鬼故事——这些世代流传的故事里蕴含着人类共通的思维模式。你需要做的就是赋予它们新的创意，像你在酒局上吹牛一样，天马行空地创作吧！

◎ 创意写作思维模型

有许多精彩的故事不是诞生于作家案头，而是在嘈杂的小酒馆。如果你稍加留意就会发现，在酒局上，每个人都有自己的专属故事库，可能是自己的一次奇遇，或者是关于别人的都市传说。这些故事有一个共同点：它们被反复讲述，但每一次都能令人震惊。

神话，是所有故事的源头，是人类最初的故事。在荣格看来，神话是人类集体的无意识，是潜藏在全人类文化心理中共通的思维方式。神话跨时空、跨地域、跨文化地传承着，一次又一次以各种形式重述着。古希腊、古罗马神话在中国依然能够被读懂，各民族的创世神话虽然不同但仍然可以相互理解；借鉴古希腊神话体系创作的《星球大战》、漫威宇宙，从阿拉伯国家、印度、中国等各个国家和地区的神话和童话中寻找素材的迪士尼能够被全世界的观众认可，也是由于神话反映了人类集体的记忆和文化认知结构。只要运用了神话的原型，就马上能够唤起读者和观众头脑中的人类集体无意识。所以当你发现没有什么故事可讲的时候，或者你想要讲一个大家都喜欢的故事时，就去改编神话故事吧，很多作家都已经做过这样的尝试。

鲁迅在晚年出版了一本特别的集子——《故事新编》，这本集子收录了八篇小说，都是鲁迅运用新思想和新视角，以解构的、戏谑的笔法对中国古代神话传说进行的重述。《补天》里，鲁迅重述了女娲造人和炼石补天的上古神话，加入了弗洛伊德的理论进行解构。《铸剑》取材于《列异传》中眉间尺复仇的传说，以具体而微的小说笔法渲染复仇过程，以新的视角解读了牺牲精神。《奔月》以"反英雄"的叙事方式重述后羿射日和嫦娥奔月的故事，写无灾难的平和岁月里，后羿陷入了"英雄无用武之地"，整天为生计所迫，被老婆嫦娥埋怨的落寞境地，最后嫦娥奔月出走，后羿陷入孤独。《理水》中，鲁迅赋予"大禹治水"新的思想，转而讽刺那些只会指指点点而不切实际的知识分子。

除了神话，你也可以改编散布在民间的、世代相传的各种传说。传说比神话更为宽泛，有的是由神话演变而来，加入了"人"的元素，如英雄史诗传说；有的是口耳相传的民间故事，如牛郎织女、孟姜女、梁山伯与祝英台、白蛇传这样的爱情传说。《西游记》《水浒传》的雏形，就是各种琐碎的民间传说，说书艺人将其整理成话本进行表演，文人们再加工润色。因此可以认为，这些经典名著都是民族文化的结晶。许多现代作家也热衷于改编传说故事，比如苏童的《碧奴》重述了孟姜女哭长城的传说，李锐和妻子蒋韵合著的《人间》重述了白蛇传的传说。

　　在现代社会，还有一种传说类型，叫作都市传说，它是比古代流传的民间传说更为贴近当下生活的一种故事类型。稍加留意，我们就会发现身边散布着各种都市传说。它们总是有一个特别可信的城市背景，发生在当下，具有很强的吸引力，结尾又有警示的、令人震惊或毛骨悚然的效果。美国民俗学家布鲁范德在《消失的搭车客》一书中就总结了 103 个美国经典都市传说：幽灵客机、下水道鳄鱼、幽灵乘客、消失的最后一班公交……其实，很多时候，都市传说就是我们听到的恐怖谣言，或者各种带有目击证人的鬼故事。如果留心记录，你就能够拥有许多可写的故事雏形。

 动手写吧！——惊奇故事小酒馆

　　现在，想象你走进了一家惊奇小酒馆，你要讲述你的酒局故事啦。

　　你可以任选一个民间传说、童话、神话故事、鬼故事为蓝本，将其丰富化、解构化；或者讲述一则谣言、都市传说，增添新的人物，让别人感到这就像你亲身经历的事一样，真切而新奇。比如，你可以改编一则怪谈，以第一人称开头：我来讲个惊奇的故事，那就是……

我来讲个令人惊奇的故事：

经典作家和你一起写

扫码参考第二周范例 04

05 闲聊时刻：道听途说的八卦故事

故事源于窥探他人秘密的冲动，小说家都是最爱"八卦"的人，文学史上的许多经典便是作家流连于街头巷尾，在闲聊中刻意搜集来的。

◎ 创意写作思维模型

鲁迅在《中国小说史略》开篇引用《汉书·艺文志》中的话，来说明小说的起源。小说，不过是稗官野史之言，是作家把街谈巷语、道听途说的故事添油加醋整理而成。所以，最初的小说家可以被认为是最爱"八卦"的人，他们流连于街头巷尾、市集商铺，搜集各种奇闻轶事和小道消息。于是有了《世说新语》这样记录魏晋文人言行与轶事的小说集，有了《酉阳杂俎》这样的笔记小说集，也有了《阅微草堂笔记》《笑林广记》这样幽默讽刺的笔记体故事集。

因此，作家写故事的过程不一定是孤独的，很多作家正是在闲聊中刻意搜集故事的。据说，蒲松龄曾搭起粥棚茶舍，与过往的猎户、村民、赶考的秀才、挑货商人闲聊，搜罗狐仙鬼怪故事。

其实，我们每个人都有渴望了解别人的本能，我们想知道关于别人更多的事，更多的秘密，更多的八卦。很多时候，我们对另一个人的了解，就是在有限的互动中，靠着他人讲述的各种八卦故事"脑补"出来的人设。所以，最精彩、最震撼的故事往往诞生在公司茶水间，在正式会议结束后的饭局上，在某次集体旅行搭起帐篷真心话大冒险的夜晚，在星巴克的角落或者公园的长椅上。

动手写吧！——闲聊故事会

从现在起，不要浪费任何一次闲聊的机会。在坐公交、地铁时，在咖啡馆坐着看窗外时，在喧闹的车站时，你都可以作为旁观者去"偷听"或刻意地记下别人闲聊的故事，就像埃特加·凯雷特在小说《健康早餐》中写的那个米龙一样，每天在早餐店观察其他桌的客人，偷听他们的谈话，看报纸，关心遥远的新闻和身边的八卦。你可以像纳博科夫那样，随身带着"闲聊故事灵感卡片"，随时记录下听来的、联想到的故事。

你也可以像金庸、王家卫那样自己组织茶话会、八卦饭局，设定一个半开放的主题，进行头脑风暴搜集故事，主题可以是失恋、"讲讲遇到的奇葩前任"，或者"最孤独的时刻""吐槽我的老板"，等等。建议你备一个录音笔，或者打开手机录音功能，对闲聊进行记录，然后再转成文字进行整理加工。在闲聊的过程中，注意记录那些让你震惊的瞬间，记录那些颠覆你固有认知、观念的故事，同时对那些讲了

一半的、不了了之、没头没尾的故事进行再度加工，"脑补"成合理
的、完整的故事。

 闲聊中的故事：

经典作家和你一起写

扫码参考第二周范例 05

06 创意引擎：特别的知识，行业的故事

想一想，你学的专业里，有什么知识或技能是别人较少了解和涉猎的？依据这些知识，能否衍生出故事创意？你也可以像丹·布朗那样，为了你的故事去现学相关知识或咨询该专业的朋友。

◎ 创意写作思维模型

作家在写作故事时，除了运用想象力和经验，还需要某些领域的专业知识。比如，写历史小说，需要查阅史书，获取历史知识；写科幻小说，需要了解物理学、天文学的最新研究成果；写刑侦小说，需要了解犯罪心理学、侦查学；写特定行业的职场小说，需要了解这个行业的基本常识和内行人才知道的黑话或内幕。这些都需要下功夫。

不过，别忘了你自己的职业或专业，也许你本身就拥有别人没有的知识体系。许多作家并不是文学专业或者创意写作专业出身，跨专业的经历对他们来说不是劣势，而是优势——

我们知道，毕淑敏在成为职业作家前，做了 20 年的军医，一直做到内科主治医师。正是因为从医的经历，她写了《预约死亡》《血玲珑》等大量的医生职业小说，后来她转行做心理医生，又开始写《女心理师》等心理小说。也因为长期做医生，她的写作更具有悲悯情怀，她的散文拥有一种穿透死亡、举重若轻的温暖力量。

村上春树全职写作以前开爵士酒吧，他其实是一个音乐人。酒吧的氛围和爵士乐的乐感，让他的写作带有一种跳跃的、轻盈的、弥散着孤独的音乐质感。

刘慈欣的很多科幻作品都写于山西娘子关的电厂。他大学的专业是水电工程，而后一直做电厂的计算机工程师。如果没有理工科的知识储备，就没有办法支撑他的科幻宇宙。

阿乙在成为小说家以前，做过多年乡镇警察。他的警校经历、派出所工作经历成为他早期写作的主要素材。和许多刑侦小说、电视剧里的英雄故事不同，阿乙的故事更接地气，冷淡、吊诡，但直击人性。

天下霸唱在内蒙古长大，父母都是地矿勘探队的职员，所以他从小积累了大量勘探知识，后来又通过矿主认识了很多风水先生，了解到许多堪舆知识。虽然他并没有读大学的地质学专业，也没有当过一天风水先生，但是他的这些知识储备已胜过普通人。所以我们看到，《鬼吹灯》里的堪舆之术、盗墓手法都是有一定知识依据的，并非凭空想象。

麦家之所以能够写出《解密》《暗算》等谍战小说，正是因为他的大学专业——解放军工程技术学院无线电专业。这是一所培养军事情报人员的秘密院校，毕业后麦家也被分配到军队某情报机构工作，掌握了密码学等各种知识，也认识了很多奇人。正是这些因素使得他的谍战小说更专业、更真实。

想一想，你学的专业里，有没有什么知识或技能是别人较少了解和涉猎的？依据这些知识，能否衍生出故事创意？如果你学的是冷门专业，那就太好了！如果你学的是考古学，你一定了解很多考古知识，听同行讲过一些隐秘传说或未解之谜，你可以写考古题材小说或知识悬疑小说，比如楼兰古城被重新发现了会怎样，曹操墓究竟在哪里，等等。如果你学的是法医学，你就可以像《法医秦明》的作者那样，写法医题材的刑侦小说，顺便科普一些侦查学、解剖学、毒理学的知识。如果你学的是化学，你可以根据化学知识创作疯狂科学家的故事；如果你学的是天文学，你可以写有关星际穿越、外星文明的科幻故事……

当然，如果你觉得你的专业和职业没有什么特别的知识可写，你也可以像丹·布朗那样——现学。丹·布朗是英文专业出身，也做音乐。他对符号学、艺术史和悬疑推理一窍不通，但他可以请教做数学教授的父亲，也可以向身为画家和艺术史学家的妻子请教。很多写行业剧的编剧本身并不具有行业知识，但他们可以请教做这行的朋友，请他们提供故事雏形或担任专业顾问。比如，你可以去采访做律师的朋友，创作《律政风云》的故事；如果你的一个闺蜜是实习医生，你就可以根据她的故事写《实习医生格蕾》的剧本。缺什么补什么，只要你有兴趣，文科生照样可以写科幻，去恶补一下黑洞、基因技术、人工智能、天体物理等方面的知识吧。

动手写吧！——启动知识创意引擎

现在，请从你所学的专业中选取某一个定理、猜想或理论，将其衍生为一个故事。心理学、物理学、数学、化学的某个研究成果，或者一个尚未解决的历史谜题，都可以。你可以写成科幻故事，可以写成恐怖、悬疑故事，当然也可以写成浪漫爱情故事。

你也可以写一写你现在正在从事的工作，会计、银行职员、程序员、音乐老师、建筑师、健身教练都可以。先别着急说"我这个工作没什么故事可写"，要知道，作为内行人，你知道的很多信息和常识，外行人并不知道。你可以写一个商战故事，也可以写职场故事，但是一定要融入你这个行业的具体可信的知识，甚至是内行人才知道的隐秘内幕。

如果你对你的专业和职业都没有兴趣，那就从零开始写一个你想象中的人物吧！比如一个外交官、一个飞行员、一个歌手。采访一下你身边做这一行的人，或者去大量搜集资料，参考你看过的行业剧、小说等，找出同类型的进行仿写。

某个知识引发的故事：

你的行业故事：

经典作家和你一起写

扫码参考第二周范例 06

07 纸上梦境：编织你的捕梦网

写梦不仅是中国故事的传统，也是世界文学的母题。当你不知道写什么的时候，就开始写梦吧！推开梦境之门，和潜意识的自我对话，把梦变成故事。

◎ 创意写作思维模型

心理学中的冰山理论告诉我们，有八分之七的信息掩藏在潜意识中。也就是说，在梦境里藏着许多故事素材。

世界上第一部科幻小说《弗兰肯斯坦》就源于玛丽·雪莱在雨夜的一个梦，在梦中她看到一个面色苍白的科学家跪倒在一堆零碎的、拼凑的肉块旁。同样是科学怪人题材的《化身博士》也源于史蒂文森的噩梦。

恐怖小说大师斯蒂芬·金在《写作这回事》里提到，他的许多离奇诡异的故事素材都受益于梦境，例如《危情十日》这篇小说的灵感诞生于他一次坐飞机时的短梦。

利用梦境写小说最极端的例子是科幻作家沃格特。据说他经常把闹钟设定为每45分钟响一次，醒过来时就把碎片化的梦境记下来，然后再回去睡觉。采取近似折磨人的达·芬奇睡眠法，沃格特向梦境要故事，写出了上百部长篇小说，这听起来有些夸张，但足见梦是一个故事富矿。

其实，写梦一直也是中国故事的传统。从庄生晓梦迷蝴蝶，到唐传奇《南柯太守传》《枕中记》，再到汤显祖的"临川四梦"，以及《聊斋志异》里近60篇的梦境故事，梦的故事里既有超越生死的爱恨情仇，还有渗透着儒释道精神的文化基因。所以，当你不知道写什么的时候，就开始写梦吧！推开梦境之门，和潜意识的自我对话，或者像《盗梦空间》那样在梦与现实之间穿梭，写下梦境笔记。

动手写吧！——交换梦境故事

卞之琳的《断章》写道："明月装饰了你的窗子/你装饰了别人的梦。"你想走进别人的梦里看看吗？在印第安人的传说中有一种捕梦网，只要挂在床头就可以捕捉梦境，过滤噩梦，留下美梦。想象现在你有这样一个捕梦网，那就是你的笔记本。你可以做这样的练习：

首先，在床头放一个专门的梦境记录本，醒来时不要犹豫，立即记下你的梦境碎片。由于梦是反逻辑的、非线性的，所以重点记录梦中的意象（比如热气球、楼梯、麦田）、人物（比如小女孩、熟人、恋人）、动态（比如下坠、爬山、挣脱）。如果你是睁开眼就清醒的人，那么建议你先用手机录音，再转写为文字，因为梦真的是转瞬即逝。

其次，根据这些关键词，发挥联想，加入情绪和情感，写成一个有逻辑、合理的小故事。

再次，把这个梦境故事讲给你最信任的朋友，而他恰好也在做这个练习。当他听完你的梦，也会讲出他的梦。通过梦境故事的交换，你们走进了彼此的梦中。

最后，请对梦境故事进行隐喻分析，再听听你的伙伴的想法。

我梦到……

经典作家和你一起写

扫码参考第二周范例07

创意阅读：还原 10 部经典作品的素材笔记

经典作家是如何搜集素材，并将其加工成完整作品的？下面为你精心挑选了 10 部经典作家作品范例，涵盖了小说和电影两种类型。这些范例和写作练习是匹配的，你可以理解为经典作家和你一起写。同时，你也可以把它们作为延伸阅读书目的导读材料，用于故事创意写作工坊教学。

第二周创意阅读作品索引：

1. 电影《重返十七岁》（好莱坞人民选择奖最佳喜剧电影提名）
2. 电影《人生遥控器》（好莱坞青少年选择奖最佳喜剧电影提名）
3. 电影《新难兄难弟》（经典亲情类港片）
4. 电影《你好，李焕英》（百花奖获奖影片）
5. 迟子建：《世界上所有的夜晚》（鲁迅文学奖获奖作品）
6. ［美］斯蒂芬·金：《骑弹飞行》（美国国家图书奖获奖作家作品）
7. ［日］村上春树：《品川猴》（耶路撒冷文学奖获奖作家作品）
8. 林白：《妇女闲聊录》（华语文学传媒大奖获奖作品）
9. ［日］东野圭吾：《神探伽利略》（日本直木奖获奖作家作品）
10. ［美］詹姆斯·瑟伯：《沃尔特·米蒂的隐秘生活》（美国幽默文学大师级作品）

第三周

发现人物：从纸面走出来的独特灵魂

如果你对已经存在的世界不甚满意，
那就创造一个故事世界。

01 涂鸦法：寻找人物雏形

故事从写人开始。你的主人公原型早就在生活的某处等你发现。你要做的，就是像莫泊桑一样，用涂鸦的方式去记录那些让你眼前一亮的人，并展开联想。

◎ 创意写作思维模型

故事人物塑造，从寻找人物雏形开始。

其实，故事里的人物早就在那里了，他（她）甚至就坐在你的对面。想象此刻你正在一节灯光昏暗的火车车厢里，而光慢慢打到对面的旅者身上，你慢慢看清他（她）的一切……没错，他（她）就是你下一部小说的主人公。

100 多年前，福楼拜就是这样教莫泊桑写故事的：站在巴黎街头，记录 100 个出租车司机，仔细地观察他们，找到一个你印象最深刻的司机，他和全世界任何一个司机都不同，如此特别，如此独一无二，他就是你要写的人物。

现在，带着这本练习册，像年轻的莫泊桑那样，走向街头、车站、地铁，穿梭于拥挤的闹市或公园，以星探一般的眼光搜寻，找到人潮中令你眼前一亮的某个面孔，并以灵感涂鸦的方式记录下来。这也是纳博科夫常用的方法，因此又被称为纳博科夫卡片法。

以下是两张人物涂鸦卡：

人物卡 001：侏儒企业家（2019.7.3 下午 1 点）

一个身高只有 1.2 米的男人，从一辆刚刚打过蜡的发亮的白色宝马车里探出头。他打开车门，一双棕色的鳄鱼皮鞋像两个大花盆，而他的两条有些蜷曲的腿就像两株蒜苗插在鞋里。车身对于他还显得高了。他从车上跳下来，有点踉跄。阳光猛烈，像要把他淹没，只看到他靛蓝色的太阳镜，以及短到几乎不能看见的脖子上挂着的拇指粗的金链子。它们都反光。更令人惊讶的是，他身后跟着一个高挑白皙、穿着红色连衣裙的贵妇，仿佛一朵巨大的牡丹。而他突然停下，像一只蹲在花前的黑色蛤蟆。

人物卡 002：地铁念经女子（2020.5.21）

地铁里挤满了人。她把保温桶放在腰旁，坐得很正。她穿一袭亚麻长裙，脚上套着米色小舟状的平底帆布鞋。她双眉清雅，瓜子脸，长发。一路上，她都在用戴婚戒的左手有节奏地按动着银色的计数器。《心经》念一遍，计数器按一下，发出难以察觉的"咔嗒"声。只有仔细看，才能看到她微微翕动的嘴唇。下车的时候，她用力按了最后一下，999。她满意而释然地笑了笑，朝着博爱医院走去。

这两张卡片是如何制作的呢？主要分两步，运用了和第一周激发灵感的 6W 疑问法类似的联想方法：

第一步，用最简洁的方式描述他（她）的外表、衣着、神情举止、言谈，发现他（她）最独特的闪光点，写下他（她）的标签，比如"一个秃顶的人"。最好再标注上卡片记录日期。

第二步，展开联想，追问如下问题：

Who——他（她）是谁？他（她）多大年纪？可能是什么职业？什么身份？

Where——他（她）来自哪里？准备去向哪里？

When——这是什么时间？此刻，他（她）可能在为什么事发愁？

What——他（她）带了什么东西？为什么要带这些东西？

What if——如果他（她）和身边那个素不相识的女（男）生走在了一起，会怎样？他们会擦出什么火花吗？

 ## 动手写吧！——故事星探

现在，想象你是一个故事星探，需要为你的故事寻找合适的人物原型。请你走向街头、田野、火车站、海边、闹市，去任何你觉得可能发现人物灵感的地方，制作足够多的人物涂鸦卡，从中筛选出最想写的人物。

人物涂鸦卡
标签
描述
联想

经典作家和你一起写

扫码参考第三周范例 01

02 拼贴法：超越刻板印象

> 拼贴法写人，就是将不同人物原型的外表、衣着、性格等拼贴在一起，得到一个全新的立体人物。拼贴法有助于激发创意，超越刻板印象。

◎ 创意写作思维模型

作家就像一个设计师，拼贴法是最常用的人物设计方法。拼贴，就是把你知道的不同人的特征组合到一个人物身上。这有点像我们小时候玩的在线"芭比游戏"，你可以选择她的发型、衣着、肤色等外在特征，将她打扮成你想要的模样。更深层一点，你也可以为她设计不同的表情，塑造不同的性格，生成更立体的形象。鲁迅先生很早就开始推广拼贴法："人物的模特儿，没有专用过一个人。往往嘴在浙江，脸在北京，衣服在山西，是一个拼凑起来的角色。"①

现在，让我们来玩一个拼贴游戏：选一个人物原型，比如超市女收银员，然后尝试把不同人的"标签"都拼贴在这个人物原型身上。例如：

标签 1：某个脸上有胎记的女生

标签 2：某个嗜酒如命的离异女性

标签 3：某个总是刷爆信用卡的女白领

标签 4：某个一年四季都戴帽子的女生

标签 5：某个溺爱女儿的年轻妈妈

这些标签涉及外表、衣着、行为偏好、情感状况等，重新组成了一个超市女收银员丰富的形象：一个右脸带着桃花瓣形状胎记的女收银员，她离了婚，独自带着 5 岁的女儿。她如此溺爱这个孩子，不惜刷爆信用卡为女儿买最好的衣服、鞋子、玩具，而自己一年四季都戴着同一款帽子——因为她脱发。还有一个秘密无人知晓：她每天晚上把女儿哄睡后，会独自到海边喝酒。

看到了吗？这些标签来自不同的人，看似矛盾，但是只要发挥作家的洞察力和想象力，它们就能共存于一个人身上，让这个人物变得更有趣和丰富。

 动手写吧！——芭比游戏

现在，请运用拼贴法设计你的人物，不要把它当作一个静态的芭

---

① 鲁迅：《南腔北调集》，人民文学出版社 2006 年版。

比娃娃，而是尽量让它成为一个鲜活而充满冲突的灵魂体。你可以尝试选一个你熟悉的人物原型——坐在你身边的同事、楼下的水果店老板、居委会大妈、小区门口的保安等，然后从和他们毫不相干的人身上抽取 5 个标签，拼贴在一起，超越你的思维定式，塑造一个全新的、立体的人物。

💡 人物原型：

_____

_____

_____

_____

💡 抽取的标签：

_____

_____

_____

_____

_____

标签拼贴：

_____

_____

_____

_____

_____

_____

_____

_____

经典作家和你一起写

扫码参考第三周范例 02

03 合成法：奇幻角色博物馆

> 神奇动物（怪兽）设计公式：一个动物主体＋n个动物局部特征
>
> 超级英雄（神话人物）设计公式：人＋某种动物性（机器特质）

◎ 创意写作思维模型

如果你想写的是奇幻、魔法故事，正在为如何设计幻想角色头疼，那么请看看这个创意写作思维模型：合成法思维。合成法的源头，可以追溯到《山海经》。《山海经》[①] 中，大量珍禽异兽都是由各种生物的局部特征重组、拼贴而成的。比如：

虎蛟，"其状鱼身而蛇尾，其音如鸳鸯"。因此，合成公式为：虎蛟＝鱼身＋蛇尾＋鸳鸯音。

獭獭，"其状如狐而有翼，其音如鸿雁"。因此，合成公式为：獭

---

① 袁珂译注：《山海经全译》，北京联合出版公司 2016 年版。

獙＝狐身＋鸟翼＋鸿雁音。

猲狙，"其状如狼，赤首鼠目，其音如豚"。因此，合成公式为：猲狙＝狼身＋鼠目＋小猪叫声。

冉遗鱼，"鱼身蛇首六足，其目如马耳"。因此，合成公式为：冉遗鱼＝鱼身＋蛇头＋六足＋马耳形状的眼睛。

以此类推，我们发现：神奇动物＝一个主体＋n 个局部特征。神奇动物往往是以一种生物为主体，先设计身型，如兽身、蛇身、鱼身或鸟身；再设计局部，拼贴其他动物的特征，如蛇尾、虎爪、鹰嘴、双翼、人脸等。局部特征一般不要超过 5 种，拼贴太多会让形象混乱、失调。

如果我们把合成的主体元素换成人，即"人＋某种动物性"的组合，这就是各类奇幻、玄幻故事中幻想人物的设计方法。例如古希腊神话中的"半人马"、基督教故事中的"天使"（人＋鸟翅），以及童话中的美人鱼（人的上半身＋鱼尾）。古典小说中的精怪也是这样合成的。刘再复在《人论二十五种》一书中专门提到了"畜人论"：带有某种家畜性的人。例如《西游记》中的猪八戒是猪脸人身，性格里也带着猪的贪婪、懒惰、好色；《聊斋志异》中一半以上的故事都是人性与动物性拼贴互换的故事，如《大鼠》《蛇人》《花姑子》《阿纤》《阿英》《阿宝》等，不是蛇妖就是蜂妖、鼠妖、狐妖。

漫威等美国漫画公司更是将人物合成法运用到了极致：蝙蝠侠（人＋蝙蝠翅膀形状的斗篷）、猫女（人＋猫的柔软身躯）、蜘蛛侠（人＋蜘蛛丝的特性）、金刚狼（人＋狼性）、蚁人（人＋蚂蚁"小"的特征）、绿巨人（人＋熊一样的大力士特质）、凤凰女（人＋读取他人意识的机器特质）、钢铁侠（人＋可穿戴飞行战斗器的特质）。

动手写吧！——当神奇动物遇见超级英雄

现在，请你运用合成法的公式，打造一个类似《山海经》的奇幻角色博物馆。你可以像 J. K. 罗琳那样，设计一个"神奇动物公园"，集合现实中你了解的动物形象，发挥你的想象力尽情合成。先描述这种神奇动物的外形，再试着写出它的习性，如暴躁、温顺、冷漠等，最后写出它的神奇功能，如有毒、可以预测干旱、能让人产生幻觉等。

运用类似的方法，也可以再设计一个"超级英雄俱乐部"，写出这个英雄的超能力，以及拥有类似什么动物、什么机器的特性。可能的话，你也可以把你的神奇动物和超级英雄相互匹配，例如：蝙蝠侠会养一个什么神奇动物做宠物呢？大力士如果有个坐骑的话，他会选哪个神奇动物呢？该你啦！动手写吧！

我的神奇动物：

我的超级英雄：

经典作家和你一起写

扫码参考第三周范例 03

04 **第一次亲密接触：约会你的主人公**

像第一次约会那样，让你的主人公从故事中走出来，刻意观察，记录下他（她）的体态、相貌、头发、衣着、配饰等外表细节，想想这些细节能引发怎样的故事。

◎ **创意写作思维模型**

通过涂鸦、拼贴等方法，你已经得到了故事人物雏形，但他（她）还没有像《聊斋志异》中的颜如玉那样从纸面中走出来，立体、鲜活地呈现在你和读者面前。这时，你就进入了第二阶段：深入调查，列出人物细节清单，像3D打印那样让人物直观地展现出来。

现在，你已经对你的主人公有了模糊的想象，试着鼓足勇气把他（她）约出来，像是第一次约会那样，带着好奇、期待和些许不安。刻意观察，注意他（她）的体态、相貌、头发、衣着、配饰等外表细节，通过这些细节猜想他（她）是怎样的人，会引发怎样特别的故事。

以下是针对人物外表观察的五个信息点，你可以对照着选择，或补充其他细节。

(1) 体态

体重：他（她）是极度肥胖、油腻而邋遢，还是极度瘦削，看上去可能有厌食症或者在刻意节食？

身材：他（她）是否非常性感，就像一个模特或健身教练？还是臃肿，挺着一个大肚腩，看上去像是一个生活习惯极不健康的人？

身高：他（她）是否很高挑，可能是运动员、模特，或者马戏团的巨人表演者？如果非常矮小，那么他（她）可能很机灵敏捷，还是因身为侏儒而自卑？

气质：他（她）看着很强壮健康，就像一个大力士、举重教练、军人那样吗？还是孱弱病态，像是忧郁的、大病初愈或者渴望被人拥抱的感觉？

其他细节：他（她）的身体是完整的还是残疾的？有没有哪个部位很特别？比如腿很长，双手过膝，肩膀特别宽？比如脚很大，或者因为缠足而看上去脚是畸形的？或者手指是六指？或者是驼背？或者脖子是歪的？……

(2) 相貌

脸型：你的人物是圆脸、瓜子脸、国字脸还是其他脸型？是整容的还是天然的？是丑陋不堪的还是精致美丽的？

皮肤：他（她）的皮肤有什么明显创伤吗？比如带着刀疤、有烧伤烫伤的痕迹，或者缠着绷带？皮肤是光滑的还是粗糙的？是紧致的还是松弛的？是白皙的还是黝黑、泛黄的？是年轻的还是布满皱纹的？哦对了，有胎记吗？形状、大小、颜色如何呢？

眼睛：他（她）的眼睛是什么颜色？棕色、蓝色或者眼白特别多？是什么眼型？三角眼、大眼睛、眯缝眼、会笑的眼睛、斗鸡眼？戴着眼镜吗？老花镜、近视镜或者特别的美瞳？是双眼皮（人工的或天然的）还是单眼皮？眼睛清澈明亮还是混浊、布满血丝？是盲人吗？喜欢频繁眨眼还是盯着人看？睫毛是长的还是短的？是否化妆？

耳朵：他（她）的耳朵是什么样子（招风耳、鼠耳、背耳）？耳朵上戴着耳机吗？戴着什么样的耳环、耳钉？

嘴巴：他（她）的唇色是怎样的？涂了什么口红？嘴巴很小（樱桃口）还是很大？嘴巴是咧着的吗？是爱笑还是经常缄默不语，咬着嘴唇？嘴巴上有胡须（络腮胡、山羊胡）吗？

（3）头发

发型：整体看上去有没有头发？是光头还是秃顶的样子（地中海式、两额退后式、前额全秃式）？有没有特别的发型（比如杀马特、梨花烫、齐耳短发、寸头、摇滚式长发）？戴着假发吗？戴着帽子吗？

发质：发质看上去怎么样（坚硬、厚重或者轻盈，干净或油腻肮脏）？头发的颜色是怎样的（花白、乌黑或是染了其他颜色）？

发饰：他（她）带着名贵的发簪吗？头发是用皮筋随意扎起来，还是用了乖巧可爱的发箍？戴着头巾吗？

（4）衣着

款式：他（她）穿什么款式的衣服（衬衫、正装、牛仔裤、连衣裙、超短裙、工作服、制服）？

风格：他（她）的穿衣风格是怎样的（休闲的、朋克的、商务的、随意的、可爱风、性感风）？

品味：他（她）的衣服是奢侈品牌还是廉价的？是时尚的还是过时的？是干净无褶皱的还是邋遢肮脏的？

鞋袜：他（她）总是穿什么鞋子？皮鞋、运动鞋、足球鞋、拖鞋？穿什么样的袜子（比如他是一个异装癖的男人，喜欢穿丝袜）？

身份：他（她）的衣服能显示出特别的身份吗？比如少数民族、警察、服务员、科学家、模特、二次元爱好者等。

性格：他（她）的衣着打扮能显示出他（她）的性格吗？比如偏执、渴望关注、自闭等。

（5）配饰和随身物

配饰：他（她）有戴各种配饰吗？比如手表（金表或路边摊的假货）、手串（水晶石、金银手链、佛珠、玛瑙、玉镯等）、项链（钻石项链或假的金项链）、耳环、戒指（戴在哪个手指上）……

包：他（她）习惯背什么包？是高档的挎包，还是登山包、手提公文包、环保的麻布袋包、鳄鱼皮的手包、旅行包？

随身物：他（她）手上总是拿着一把雨伞吗？总是戴着手套吗？总是挂着一根拐杖吗？手里总是把玩着文玩核桃或者石球吗？

✏️ 动手写吧！——外表 3D 打印清单

现在，你已经在头脑中约见了你的主人公，你需要把他（她）从头脑中 3D 打印出来，让他（她）立体地站在你面前。请你按照以上五个信息点，列出你的主人公的外表细节，越丰富越好，越特别越好。请记住，如果你的主人公身材适中、长相普通、穿衣风格平庸，那么读者就不会记住他（她），一定要写出戏剧性的、令人震惊的细节。

你的人物外表 3D 细节清单

体态：
_____

_____

_____

_____

_____

相貌：
_____

_____

_____

_____

_____

头发：
_____

_____

_____

衣着：

配饰和随身物：

经典作家和你一起写

扫码参考第三周范例04

05 微表情专家：观察人物的一言一行

像微表情专家那样，走近你的故事人物，和他（她）攀谈，记录他（她）的举止和言谈细节，从中提取出能够代表他（她）内在性格的微表情、动作、口头禅等，让人物活起来。

◎ 创意写作思维模型

你看过美剧 *Lie to me* 吗？微表情专家卡尔·莱特曼能够通过对人的面部表情和身体动作的观察，来判断他们是否撒谎。作为作家，你不能只看到你的人物静态的一面，还应该经常和他（她）一起散步、聊天，看他（她）走路的姿态、吃饭的动作，怎么说话，怎么哭，怎么笑。随着你对人物言行的深入观察，你会和他（她）成为朋友、亲人，并理解他（她）这些行为习惯背后的深层心理。

现在，请你化身微表情专家，走近你的人物，和他（她）攀谈。请记录他（她）的举止和言谈的细节，从中提取出能够代表其内在性格的微表情和动作，想象把它制作为一个动图，在你的故事中反复播放。

(1) 举止姿态

走路姿势：他（她）走路的姿势是怎样的？大步流星、扭捏作态、亦步亦趋、趾高气扬，或者是外八字、顺拐？

坐姿：他（她）的坐姿一般是怎样的？像军人一样笔挺还是散漫地瘫坐着？或者喜欢抖腿、跷着二郎腿？他（她）在不同场合是怎么坐的？在卧室、在办公室、在公园的坐姿有什么区别吗？

微表情：他（她）有什么习惯的表情吗？是保持微笑，还是时不时皱眉？总是会摸摸鼻子，动不动就瞪眼，或者眼神不停地游移？

说话姿态：你的人物说话时的姿态是怎样的？特别喜欢用手势或手舞足蹈吗？是习惯叉着腰，或者手放在口袋里，还是紧张地频繁摩擦双脚、抠手和咬嘴唇？

吃饭姿态：你的人物吃饭时是什么样子？是非常小心翼翼、恪守礼数，还是狼吞虎咽？吃饭时会发出烦人的声音吗？会有餐前仪式吗？吃饭时对食物奢侈浪费还是极度节俭？

睡姿：他（她）的睡姿是怎样的？趴着睡、随意地仰着睡，还是蜷缩成一团睡？

(2) 言谈

嗓音：他（她）说话的嗓音是怎样的？沙哑、洪亮，或是喜欢窃窃私语？音调低沉还是尖锐？男性说话有女性特质吗？或者女性说话有男性特质吗？

语气：他（她）的语气是怎样的？是命令、训斥别人的口吻，还是胆怯、请求、道歉的口吻？或者总是温暖而充满亲和力？

语速：他（她）的语速怎样？流利还是口吃？慢吞吞还是像开机关枪？表述清晰还是含混模糊？

口音：他（她）的口音是怎样的？使用普通话还是方言？或者说话时喜欢夹杂英文？

口头禅：他（她）有口头禅吗？比如"我要……""然后……你知道吗"，或者每句话里必带脏话等。

态度：他（她）健谈还是寡言少语？或者总是重复几句话？

✏️ 动手写吧！——设计人物动态标签

现在，你的人物已经从头脑中走出，站在你的面前。你需要让他（她）动起来，走走看看，说话聊天，在你的故事世界里找到状态。请你详细列出主人公的举止细节清单。这个清单是人物的动态标签，是他（她）的典型习惯，能够反映人物的性格，并且被读者记住。

 你的人物动态标签

举止姿态：

言谈：

经典作家和你一起写

扫码参考第三周范例 05

06 重新命名：召唤你的人物

> 为了深入人物的灵魂，你需要为主人公起六个名字备用：大名、职业称呼、爱称和小名、自我昵称、绰号、变换的名字，借名字隐喻人物性格和身世。

◎ 创意写作思维模型

为人物起名，是一件奇妙而庄重的事。作家就像《圣经》中的亚当一样，你的人物等待你叫出他的名字，因为名字里藏着独一无二的灵魂。想想《玩具总动员 4》里，小女孩邦尼从垃圾桶里捡来一个废弃的塑料叉子，用口香糖粘上毛线、纽扣、冰棒棍，做了一个像小人儿一样的玩具，取名 Forky。正是因为邦尼倾注了真诚的情感，所以在叫出 Forky 这个名字的时候，叉子活了，它开始颤颤巍巍地走路，与此同时，它还产生了烦恼、恐惧和怀疑等一系列情绪，它不再只是无用的垃圾，而是拥有了一个可爱的灵魂。

出生时，父母都会非常谨慎地为我们取名，名字里包含着父母的期待，甚至遥远地呼应着宗族先祖的血脉和文化基因。日本动漫《夏目友人帐》中，每个妖怪都有名字，只要叫出妖怪的名字，就能召唤出它的灵魂。

为了深入人物的灵魂，你需要设定不同情境下人物的名字，反映别人叫出这个名字时的态度，以及人物对自己名字的认知，写出名字背后隐喻的人物性格、身世、阶层和命运变化。你可以从以下六个方面设定。

（1）**大名**。大名往往暗示着人物的突出特质，饱含作者对人物的期待，用来彰显主题和写作用意。中国古典小说里，神人一体，转世轮回，人物名字里都暗示着前世今生。例如《红楼梦》开篇讲述贾宝玉名字的由来：女娲补天之时，炼成补天石三万六千五百零一块，单单剩了一块未用，弃在青埂峰下。此石自经煅炼之后灵性已通，想去体验人间富贵繁华，因此由一僧一道将其变为美玉一块，携带入世。荣国府贾府中的公子一落胎胞，嘴里便衔下这块五彩晶莹的通灵宝玉来，就取名叫作贾宝玉。人如其名，贾宝玉确实聪慧有灵性，但也顽劣骄横。许多作家沿用了这种暗示命运身世的取名方法：《秦腔》里的白雪也是人如其名，色艺俱佳，是县剧团的台柱子，是美丽女神的化身；《白鹿原》里的田小娥，死后化为飞蛾，是命运的隐喻。

（2）**职业称呼**。有时，故事中人物的全名很少使用，甚至不用，代之以职业称呼。比如，刑侦故事中，警察很少使用全名，代之以刘队（刘队长）、张局（张局长）、陈警官等称呼。此外如徐教授、王医生、罗律师、赵工（工程师）等，职业称呼代表着人物在某方面的专业能力或特定身份。这些称呼有时代表着精英、权威的身份，有时也代表某个江湖行业的翘楚，比如冯骥才《俗世奇人》中的泥人张、刷子李，就是对捏泥人的手艺人、职业粉刷匠的尊称。有时职业称呼可以和绰号混用，比如，称呼手术技艺精湛的医生为"周一刀"，称呼量体裁衣精妙娴熟的裁缝为"郑一剪"。当然，也不是所有的职业称呼都是尊称，比如《西游记》中，孙悟空最讨厌别人叫他弼马温。港片中，警察对要追踪的嫌疑人也会用职业称呼代称，但总带些贬义，比如猪头孙（卖猪头肉）、鸡头林（老鸨）、走鬼金（流动商贩）。

（3）**爱称和小名**。这是只有亲人或爱人才会叫的名字。在乡土小说中，很多父母相信需要给孩子取一个轻贱的小名，这样才不至于引起阎王注意，比如狗蛋、狗剩、黑娃、毛蛋……莫言的《蛙》开篇写道："我们那地方，曾有一个古老的风气，生下孩子，好以身体部位和人体器官命名。譬如陈鼻、赵眼、吴大肠、孙肩……这风气因何而生，我没有研究，大约是那种以为'贱名者长生'的心理使然，亦或是母亲认为孩子是自己身上一块肉的心理演变。"① 简单的小名往往以家庭排行来称呼，例如朱元璋小名朱重八。有时，父母会以爱称来叫孩子，如豆豆、宝宝、巧巧等。这种爱称在恋人那里变得更加宠溺，比如叫小兔、心心、娇娇、臭宝之类。

（4）**自我昵称**。人物对自我的期许和认知，会表现在昵称里。想想你的微信和QQ的昵称，反映的就是你的性格、情绪状态、爱好、世界观。为你的人物设定一个自我昵称，这个昵称可能和父母起的名字形成冲突，比如父母希望他成为律师或法官，于是起名"崇法"，但他一点都不想做律师，他反叛、任性、渴望自由，所以给自己起了个昵称叫"杀手小丑"或者"特立独行的猪"。在《西游记》中，孙

---

① 莫言：《蛙》，上海文艺出版社2012年版。

悟空自封为"齐天大圣"，取经路上，各路神仙和妖怪也都叫他"大圣"的名号。

(5) **绰号**。为你的名字起一个好听的、有趣的绰号，可以让读者印象深刻。贾宝玉从小养尊处优，所以薛宝钗给他取了个绰号叫"富贵闲人"。《水浒传》一百零八将，每个人都有绰号：赤发鬼刘唐、浪里白条张顺、九尾龟陶宗旺、九纹龙史进、一枝花蔡庆……青春小说里，很多作家喜欢给人物取一个动物化的拟人的绰号，比如乌鸦少年、大象、老虎、猫猫。余华的《兄弟》中，李光并不是光头，但人们喜欢叫他绰号"李光头"。香港警匪片中，犯罪嫌疑人多以绰号代称：可乐、大虾、猪肉、老鼠、狗头……

(6) **变换的名字**。名字的变化意味着身份、人格、世界观的转变。电影《黑白魔女库伊拉》中，艾斯黛拉和库伊拉是一个人的两个人格。在得知男爵夫人竟是杀害自己母亲的凶手时，艾斯黛拉浴火重生，释放出了自己内心邪恶的一面，转变成了兼具疯狂、时尚和报复心的库伊拉。为你的人物设定变换的名字，可以作为一种悬念，也可以作为一种人物成长的象征。

✎ **动手写吧！——命名人物档案**

现在，请为你的人物设计六个不同情境下会被叫出的名字，写明什么人会叫出这个名字，人物听到这个名字的反应是怎样的。写出名字背后的寓意和故事，编写一份专属的人物档案，了解人物的每一面，让他（她）成为一个更立体的人。

人物命名档案			
名称类型	详情和寓意	情境 （什么人会叫出这个名字）	被唤起的感受
大名			
职业称呼			
爱称和小名			
自我昵称			
江湖绰号			
变换的名字			

经典作家和你一起写

扫码参考第三周范例 06

07 读心侦探：走进主人公的卧室

塑造人物时，可以先想一想这个人物的卧室会是什么样子，进而分析和把握他（她）的深层性格，写出详细的人物小传。

◎ 创意写作思维模型

人性是复杂的，如果创造人物只是流于外貌、衣着、职业等表面，只能给人以单一的刻板印象，并不能塑造出有灵魂的人物。一个人物外在表现的信息，很可能只是一种障眼法，是他的面具。在某部美剧里，一个每天都穿得西装笔挺的中年人，每天早上都吃非常健康的谷物早餐，和老婆孩子亲吻拥抱，然后去上班。表面上他是中产阶级的精英，努力工作，热爱家庭，但是内心深处，他可能非常厌恶这一套秩序，他对老婆已经没有爱意，感到孩子是他的累赘，家庭就像是吸血鬼一样榨干他的青春。他真实的一面恰恰是在下班回家的途中表现出来的，他会去飙车、泡吧、到搏击俱乐部减压。因此，一个作家需要认真观察人物的行为，但更重要的是，要识别出哪些行为是面具，哪些行为是其真实的心境。从这个意义上说，一个作家需要具备"读心侦探"的技能，而这个技能是需要训练的。

《礼记》中讲："君子慎其独也。"说明一个人在独处时，更容易表现出潜意识中的真实自我。卧室就是这样一个私密的、让人放松的独处空间。作家通过对卧室的观察和想象，可以更深刻地了解人物的习惯与深层性格。当我们塑造人物时，可以先想一想这个人物的卧室会是什么样子，进而分析和把握他（她）的性格，写出详细的人物小传。在具体写作时，也可以通过卧室的空间描写来反映人物性格。

 动手写吧！——卧室侦探练习

现在，请深呼吸，放松身心：

想象你走进了故事主人公的卧室，这是你第一次走进他（她）的卧室。主人公不在这里，你像一个侦探一样好奇，仔细观察这个卧室所有细节，包括墙壁、窗帘、装饰、床、桌子、椅子、书本等一切，不要忘了垃圾桶里的垃圾，以及各种角落。观察十分钟，像组成人格拼图一样，想想通过这些细节可以了解到他（她）是一个怎样的人。也许你已经对他（她）的形象有了模糊的设定，但现在，请按照卧室的细节再去丰富他（她）。

然后，从这些卧室细节中，选择不超过六种事物来代表这个卧室的主人，并且每一样事物都能代表一个深层的隐喻信息。这六种事物的组合，能够反映出主人的性格、习惯、癖好、情感状况等足够多的个性化信息。

如果你觉得设计人物的卧室细节没有什么头绪，可以先从观察自己的卧室开始。先写自己，通过自己的卧室挖掘自己的深层性格，然后再由我及他，设计你的人物的卧室。请从你的卧室里走出去，假装是第一次走进一个陌生人的卧室那样，观察"你的"卧室，选择六样东西代表你的性格特质。

最后，把你的答案填写进下列表格。

卧室侦探卡：主人公的卧室观察与设计			
方位	选择的物品（细节）	推理（what/why）	隐喻和暗示的人格特质
墙上			
床头			
角落			

（续表）

卧室侦探卡：主人公的卧室观察与设计			
方位	选择的物品 （细节）	推理 （what/why）	隐喻和暗示的 人格特质
床下			
柜子			
抽屉			
综合描述			

经典作家和你一起写

扫码参考第三周范例 07

创意阅读：10 位大师级作家如何写人

　　大师级作家怎样运用巧妙方法塑造令人难忘的故事人物？下面是精心挑选的 10 部经典作品范例，既有小说，也有电影，既有中国文学人物，也有外国文学人物。这些范例和写作练习是匹配的，你可以理解为经典作家和你一起写。同时，你也可以把它们作为延伸阅读书目的导读材料，用于故事创意写作工坊教学。

　　第三周创意阅读作品索引：

　　1.〔英〕J.K. 罗琳：《哈利·波特》（雨果奖、英国国家图书奖获奖作品）

　　2. 余华：《许三观卖血记》（法兰西文学和艺术骑士勋章获奖作家作品）

　　3.〔美〕乔治·马丁：《冰与火之歌》（轨迹奖最佳奇幻小说奖）

　　4. 电影《神奇动物在哪里》（奥斯卡金像奖获奖影片）

　　5. 电影《这个杀手不太冷》（法国凯撒奖提名电影）

　　6.〔清〕曹雪芹、高鹗：《红楼梦》（四大名著之一）

　　7. 张爱玲：《红玫瑰与白玫瑰》（台湾电影金马奖获奖影片原著）

　　8.〔奥地利〕斯蒂芬·茨威格：《一个女人一生中的二十四小时》（经典德语爱情小说）

　　9.〔明〕吴承恩：《西游记》（四大名著之一）

　　10.〔美〕威廉·福克纳：《献给爱米丽的一朵玫瑰花》（诺贝尔文学奖获奖作家作品）

第四周

深化人物：从人物小传到人物弧光

造好故事世界，
让你的人物按照属于他（她）的方式成长。

01 化身收银员：翻看主人公的购物车

> "What you buy，what you are."——人物的消费行为可以反映习惯、价值观和生活状态的变化。每一样消费品都是人物性格的隐喻。

◎ 创意写作思维模型

行为心理学认为，如何定义"我是谁"，主要看"我做了什么"。一个人的真实性格一定潜藏在各种行为之中，尤其是那些习惯性的行为和突然反常的变化。前者倾注了人物大量的精力，能反映他关心和在意什么；后者能反映他如何应对生活中的危机和新问题，面临压力时，往往可以看到人物的性格真相。

作家要化身超市收银员，翻看主人公的购物车，从他的消费行为中洞察人物的性格真相。因为在现代消费社会，"what you buy，what you are"，通过消费行为就能看到人物的习惯特质、价值观和最近的生活状态，每一样消费品的背后都有可挖掘的隐秘故事。

这个故事可以由人物的消费偏好引起。比如，购物车里都是狗粮、狗狗的衣服，给自己买的反而很少，说明你的主人公非常爱狗，宠物狗是他最信赖的伙伴，是精神的寄托。那么这背后能引发什么故事呢？你可以正着写，写这个人多么爱狗，甚至超过爱他的老婆，而他的老婆恰恰很怕狗或者对狗毛过敏，由此引发了很多亲密关系的冲突；也可以反着写，写这个人非常爱狗，但是有一天他的狗丢了，他几乎要崩溃了，他怎样费尽心力寻找他的狗。

由人物固定的消费习惯，也能引发故事。比如某个人每天晚上都会来买一整箱啤酒，也许他是个球迷，每天熬夜看球；或者他是重度失眠患者，每天晚上都要喝到烂醉才能入睡。这里面都有故事可以挖掘。如果有一天他突然不喝酒了，而是买了脱脂牛奶和蔬菜，像完全变了一个人似的，这是为什么呢？可能是他交了一个女朋友，戒掉酗酒习惯了；也可能是他找到了生活目标，开始爱惜身体，健康饮食。因此，消费行为的突然改变，背后也有很多耐人寻味的故事可以写。

发挥奇思妙想，像侦探一样观察一个人的购物车，也许会从一些看似普通、不相关的物品中发现犯罪故事。比如《搏击俱乐部》里，一个人购买很多肥皂和其他东西，可能是为了做炸药；电影《双食记》里，两个女人的购物车里看似都是做菜的食材，但它们拼在一起却成了"相冲相克"的食物毒药，引出了离奇的情杀故事。

 动手写吧！——购物车写作练习

现在，想象你是一个超市收银员，你的主人公正在排队结账。请选出不超过六种物品来代表他（她）的性格、习惯、秘密，以及他（她）正在遭遇的难题、烦恼。先列出这些物品，然后再写出它们隐喻了什么，最后综合描述，写出背后的故事。利用这个方法，也可以写人物小传。

如果你没有头绪，可以带着这个练习册走进超市，浏览各种货架，观察各种人，没准就会发现你的主人公正在从故事里走出来。

购物车里的物品	隐喻和故事
1.	1.
2.	2.
3.	3.
4.	4.
5.	5.
6.	6.

经典作家和你一起写

扫码参考第四周范例 01

02 翻看合影：了解人物的前世今生

写人物小传时，想象你能看到人物的照片。通过全家福写出人物的家庭背景，通过婚纱照或恋爱照写出人物的婚恋经历，通过挚友合影写出人物的社交关系。

◎ 创意写作思维模型

仅仅通过对人物外表和言行举止的观察，我们还是无法了解人物的全部。因为人是社会动物，你成为今天的你，很大程度上得益于家庭、婚姻和恋爱等亲密关系的塑造。即使是故事里的人物，也是活生生的灵魂，他（她）的习惯、性格、世界观，都是在这些社会关系中逐步培养起来的。因此，身为作家的你，不仅要了解人物的自身信息，还要把握他（她）的家庭背景和婚恋经历，即使这些并不会全部出现在你的故事里，但是通过对这些信息的梳理，你能够更加理解你的人物，对他（她）的行为动机、内在世界有更深入的把握，你写的故事情节也会让读者更信服。

在故事世界里，你和你的人物已经相识一段时间了。你知道他（她）的名字，熟悉他（她）的长相、声音，了解他喜欢什么以及想要做什么。今天，你要去他（她）家里做客，通过翻看他（她）与亲人、爱人和朋友的合影，来了解更多关于他（她）的过往：在他（她）人生中最重要的人是谁？他（她）如何看待亲密关系？这些亲密关系有哪些故事？

（一）全家福里的家庭背景

家庭关系可以引发许多故事，人物一登场，就带着整个家族的痕迹。比如，电影《狼群》探讨的是父母教育方式对孩子人生观的影响；电影《教父》的主题是儿子如何子承父业；《大鱼》讲述的是儿子不了解的父亲的传奇人生；《雨人》讲述的是兄弟情；《找到你》讲述的是母子情。

现在，想象你正在翻看人物的全家福，借助照片，问一问人物是在怎样的家庭环境里长大的。这些信息包括：

（1）父母。父母看上去怎么样？父母的工作是什么？父母的性格如何？父母都健在吗？是原生家庭还是离异家庭？是单亲妈妈带大的吗？是跟随养父母长大的吗？父母对他（她）宠爱吗？

（2）兄弟姐妹。他（她）是独生子女吗？兄弟姐妹有几个？他们是做什么工作的？他（她）和兄弟姐妹的关系如何？

（3）祖辈。他（她）的爷爷奶奶、外公外婆是什么身份？他们对人物有什么影响吗？

（4）其他亲戚。他（她）身在贵族世家吗？亲戚经常往来吗？其他亲戚对他（她）有什么影响吗？

（5）教育方式。父母是放养式教育还是严加管教？父母和兄弟姐妹会干预他（她）的人生选择吗？

（二）婚纱照和恋爱照里的情感经历

除了家庭背景，婚恋经历对人物性格的塑造也很重要。所谓以情动人，情感经历的细节蕴含着许多故事的可能。例如，特别的恋爱经历（《洛丽塔》《恋空》《充气娃娃之恋》）、特别的失恋经历（《失恋三十三天》）、婚姻中的感人相守（《誓约》）、平凡婚姻中的张力（《丈夫、太太与情人》）、拯救婚姻的离婚旅行（《消防员》）、婚内出轨（《昼颜》）、丧偶人的再婚（《爱在春天来临》）……

现在，想象你翻阅完人物的全家福，又翻开了他（她）的婚纱照和恋爱照。借助照片，探寻人物的情感经历，并透过这些经历去定义他（她）是怎样的人。

1. 婚姻史

（1）婚姻情况。他（她）结婚了吗？婚龄多久了？是初婚还是再婚？是相守很久的金婚吗？离过婚吗？有几段婚姻经历？为什么离婚？离婚后孩子由谁抚养？他（她）会独自抚养孩子吗？

（2）配偶。是异性伴侣还是同性伴侣？他（她）的配偶是什么性格？做什么工作的？两人是怎么认识的？两个人般配吗？他们的婚姻幸福吗？

（3）情感状态。他（她）有出轨经历吗？他（她）的伴侣曾出轨吗？他（她）和伴侣同床异梦或者分居吗？

（4）婚恋观。他（她）认为什么样的伴侣适合结婚？他（她）有维系婚姻的特别方法吗？

（5）生育方面。他们有孩子吗？有几个孩子？他们的年龄有多大？

他们是否不能生育？想要更多的孩子吗？或者是丁克，不想要孩子？养育孩子辛苦吗？他们的教育方式是怎样的？有遭遇什么危机吗？

2. 恋爱史

（1）性取向。他（她）是异性恋、同性恋还是双性恋？他（她）为此感到苦恼吗？

（2）恋爱经历。他（她）谈过几次恋爱？初恋是什么时候？他（她）对哪一段印象最深刻？或者他（她）一直单身？

（3）失恋经历。他（她）正在遭遇失恋吗？他（她）失恋了会做什么？心里会委屈和愤恨吗？要怎么走出失恋阴影？

（4）恋爱偏好。他（她）喜欢什么样的女性或男性？有恋童癖或者恋老癖等特殊的偏好吗？其形成原因是什么？

（5）由恋爱到婚姻。现在的婚姻伴侣是他（她）喜爱的对象吗？深爱的人有没有和他（她）走向婚姻？为什么？

（三）挚友合影中的人际关系

除了最亲密的家人和爱人，人物在故事世界里还会和同事、同学、邻居、社群发生联结。他人是一面镜子，可以照见自我。人物与他人的社交模式，可以反映其深层性格。现在，想象你开始浏览人物在人生各个阶段和朋友的合影，这些合影中，有些是亲密无间的挚友，有些可能只有一面之缘，有些可能发生过冲突后就再不联系，有些可能天各一方早已淡忘。借助照片和海伦·帕尔默的九型人格模型，探究一下人物的社交模式。

（1）完美型。你的人物是完美主义者吗？他们对伙伴很少有赞美，大多是指责和抱怨，择友标准极高，朋友经常会因他们的苛求而受到伤害。例如《爆裂鼓手》中的老师，他满嘴脏话，性格暴虐，一心要培养出天才鼓手。

（2）助人型。你的人物是奉献者吗？他们总是乐于付出，主动而慷慨地帮助别人。这种利他性，让他们对他人的需求很敏锐，但也容易表现为讨好型人格，牺牲自己的感受去满足他人。例如《特蕾莎修女》中，特蕾莎就是一个完全的助人者、奉献者。

（3）成就型。你的人物是工作狂吗？他们有明确的目标，乐于挑战，身边的朋友必须是他们的同道中人，甚至是可以利用的棋子。他们总是渴望带领他人。《穿普拉达的女王》中的时尚工作狂就是这样。

（4）自我型。你的人物是带有艺术家气质的悲情浪漫者吗？他们太注重个人的感受，喜怒无常，渴望爱又害怕受到伤害，因此总是独处，朋友不多，容易因情绪而伤害朋友。例如《黑天鹅》中的芭蕾舞者妮娜、《立春》中的小镇艺术家，都演绎着"不疯魔，不成活"，但又与世俗世界纠缠的艺术家人格。

（5）理智型。你的人物是纯粹依靠理性交友的吗？他们崇尚知识，凡事先分析再行动，刻意保护私人空间和内心秘密，与任何朋友都保持适当距离。他们看上去很有分寸，但这种理性也会发展为社交恐惧症、强迫症。例如契诃夫的《套中人》，别里科夫崇尚知识却一身黑衣，把自己与他人刻意隔绝开。

（6）忠诚型。你的人物是依赖型的人格吗？他们把安全感放在首位，对朋友忠心专一，但有时也可能是趋炎附势的虚伪型忠诚。总之他们一旦失去朋友或靠山，就会焦虑和无助。例如《斯巴达300勇士》中的勇士们，《水浒传》中的陆谦。

（7）活跃型。你的人物是"人来疯"吗？他们一刻都不能没有朋友，喜欢参加各种派对、聚会，必须在人群的关注中才能找到自己的价值。同时，他们乐观热情的性格也会吸引来很多朋友。当然，他们也许并不会真正付出，例如《卡门》中的女主人公、《红楼梦》中的王熙凤、《乱世佳人》中的郝思嘉。

（8）领袖型。你的人物是天生的领导者吗？他们享受着权力和地位，拥有顽强意志和决策能力。本质上，他们是孤独的王，管理他人和维护秩序是他们的责任。这类人物代表有亚瑟王、巴顿将军、《白鲸》中的亚哈船长、《教父》中的维托·柯里昂、神奇女侠等。

（9）和平型。你的人物是"老好人"吗？他们是和事佬，为人随和，凡事奉行"差不多主义"。他们对待朋友不会一心奉献，而是避免冲突，保持一个懒散的平和状态，例如《罗密欧与朱丽叶》中的护士、《西游记》中的猪八戒等。

✏️ 动手写吧！——"三张照片"写作练习

现在，你要为你的人物写人物小传了。想象你可以看到他（她）的档案：一张全家福、一张婚纱照或恋爱照、一张与挚友的合影。通过这三张照片，对标以上问题，你能够写出这个人物的家庭背景、婚恋背景和人际关系模式，从而更加立体地塑造出他（她）的人格特质，并为他（她）在故事中的后续行动提供逻辑支撑，还可以获得一些人物关系设计、情节设计的灵感。

如果没有头绪，你可以先从自己的相册中挑选，对标以上问题，向内发掘，先写一写自己，然后再写你的人物。

以下信息请根据实际构思需要填写。如果没有恋爱经历，可略去这一部分。

全家福里的家庭背景：

婚纱照和恋爱照里的情感经历：

挚友合影中的人际关系：

03 动力之源：你的人物最想要什么？

借鉴马斯洛需求层次理论，从生存需求、安全感需求、归属感需求、尊重感需求、自我实现需求出发，找到你的人物最想要什么，以此激活故事的动力之源。

◎ 创意写作思维模型

故事就像一个多米诺牌阵，关键在于推倒第一张牌的力量。这个动力之源就是人物内心的需求。需求激发行动，行动产生事件，一个事件引发另一个事件，故事之轮就这样运转起来了。身为作家，你需要准确找到促使人物行动的核心需求，才能让人物拥有能量，让故事动起来。在这里，你可以借鉴马斯洛需求层次理论来挖掘人物的深层需要，回答"你的人物最想要什么"这一问题。

按照马斯洛的理论，人类需求是普遍存在的本能，但需求分层次，只有满足了低级的需求，才能产生高级需求的动力。他在《动机与人格》一书中，将人类需求分为五层。① 最底层是生存需求，再往上是安全感需求。这两者属于低级需求，是生存的基础，属于物质需求的层次。再往上是归属感需求，第四层是尊重感需求，最高层的是自我实现的需求。在人物设计过程中，五层需求可以生发出不同的行动导向，塑造出可信的、饱满的、充满张力的人物灵魂。

第一层：生存需求。 健康、足够的食物和水、充足的睡眠、保暖、性等满足个体活着的基本需求。生存需求是最基本的需求，由人物生存需求诞生的故事，常见于冒险、灾难、恐怖惊悚类题材。例如，在小说《鲁滨逊漂流记》中，鲁滨逊的唯一动力就是活下去。他学会了打猎、采集、生火，忍受孤独，克服恐惧。电影《荒岛余生》中，查克在资源匮乏的小岛上重演"现代鲁滨逊"的角色。李安的电影《少年派的奇幻漂流》中，一艘小船取代了荒岛，成为漂流的求生空间。少年派要学会和一只孟加拉虎相处，在食物匮乏、睡眠不足、暴风雨摧残的印度洋上活下去。刘震云的小说《温故一九四二》则是一部史诗悲剧，展现了真实的大饥荒，饥饿感弥漫在字里行间，人物的唯一动力就是吃饱活下去，逃荒的过程也照见了人性善恶。

第二层：安全感需求。 在满足吃饱穿暖的生理需求以后，人会产生安全感的需要。要保证人身安全，不会受到他人的攻击和侵扰；要保证身体健康，不会有重大疾病的威胁；要有保障生活的工作，不会轻易失去生计来源；要确保家人、朋友和亲人的安全，不会遭遇战争、犯罪的侵害。马斯洛认为，人体具有自保和追求安全的一整套机制，如果安全需求不能保障，就会产生追求安全感的行动。与安全需

---

① ［美］亚伯拉罕·马斯洛：《动机与人格》，许金声等译，中国人民大学出版社 2007 年版。

求相关的人物创意常见于战争、惊悚、灾难等类型故事中。在这些故事里，主人公面临着死亡威胁：可能是得了癌症，如电影《遗愿清单》；也可能遭遇了自然灾害，如电影《2012》《狂蟒之灾》等；也可能源于外星人的威胁，如电影《独立日》《天际浩劫》等；也可能是怪物入侵，如电影《异形》《釜山行》等。对安全感的追求不一定是自私的。有时，在战争等极端压力下，主人公会超越个体的安全感，做出牺牲，保护弱者，比如《金陵十三钗》等。

第三层：归属感需求。人是社会动物，在满足温饱和安全的需要后，就会产生交往、沟通的需要。每个人都渴望志同道合的朋友和爱人。社交给人带来归属感，原子化的个体融入家庭、团体、社会的网络之中，会减少孤独和恐惧感，享受到人与人的温情。由此诞生了《罗密欧与朱丽叶》这样的爱情故事，以及《追风筝的人》《无法触碰》《为戴茜小姐开车》这样的温暖友情故事，还有数不尽的家庭伦理、家族史故事。

第四层：尊重感需求，又称自我需求。当一个人满足了生存需求，也融入了社会之后，就会产生更高的需求，即对名誉、地位、成功的追求。他渴望得到他人的尊重和认可，渴望获得崇敬、奖赏和光环，使生命充满意义感和价值感。在马斯洛看来，尊重的需求可表现为内部尊重和外部尊重两个方面。前者是指一个人希望自己是个有能力的人，他通过不断学习技能、积累经验和自我挑战，从而在社会中能够胜任相应的工作，完成任务和使命，能够独立自主，有自信和自尊感。外部尊重是指个体的成就可以获得外部的体认，即有地位、有威信，被人信任和赏识。尊重的需求普遍见于励志、冒险、成长故事。如《夺宝奇兵》等探险故事，《穿普拉达的女王》《风雨哈佛路》

《贫民窟的百万富翁》等励志故事。

第五层：自我实现的需求。这是最高层次的需求，是个体充分的自我觉知和自我发现。在这个阶段，人可以成为自己想要成为的、应当成为的那个人，而不是别人要求的那个人。正如马斯洛所说，一位作曲家必须作曲，一位画家必须绘画，一位诗人必须写诗，否则他始终都无法安静。自我实现的路径是不断求知，对知识、审美的渴望越强，个体的自信心和创造力越强。他不仅渴望进行艺术创作、科学研究，还会自觉奉献，投身慈善，希望社会公正、他人幸福。自我实现的需求常见于文艺片、治愈系故事、心理隐喻类故事、英雄故事，如《梵高传》《甘地传》《坚不可摧》等。

 动手写吧！——开启人物动力

现在，想象你的故事是一个游戏，你的人物就站在起点等你按下开始键，请你对标马斯洛需求层次理论，为你的人物量身定制他的动力之源。

第一步，找到你的人物某方面的匮乏，从所有匮乏中选出他最迫切需要的东西，那就是他的核心需求。如果他是一个事业有成的人，就让他感到孤独，让他去寻找爱情和归属感；如果她是一个家庭主妇，就让她去工作，去追求自我实现。

第二步，把主人公的核心需求显化为一个具体的物。比如，他最爱的亲人重症缠身，他最需要的是一个药方；如果他追求爱情，爱情也有很多象征物，一个吻、一首情歌、一个求婚戒指、一张婚纱照都算。

　　第三步，让不同人物的需求，或者需求的不同层次之间发生冲突，必须克服这些冲突，人物才能实现自己的目标。比如，一个画家认为自己是梵高，竭尽全力追求艺术成就，希望获得他人的认可。但是他的妻子只想让他先找个好工作，能挣够孩子的奶粉钱。画家没有意识到，在生存需求还没有满足的情况下，他无法追求更高层次的需求，他的艺术追求与妻子获得安全感的需求也发生了冲突。画家要么通过努力获得妻子的理解或者达成某种妥协，要么就像高更那样离家出走，舍弃世俗，纯粹追求艺术。

　　以上步骤，可以合并为一个句式：

　　💡 我的人物感到在某方面非常匮乏：

因此他（她）非常需要：＿＿＿＿＿＿＿＿＿＿＿＿

＿＿＿＿＿＿＿＿＿＿＿＿＿＿＿＿＿＿＿＿＿＿

＿＿＿＿＿＿＿＿＿＿＿＿＿＿＿＿＿＿＿＿＿＿

＿＿＿＿＿＿＿＿＿＿＿＿＿＿＿＿＿＿＿＿＿＿

＿＿＿＿＿＿＿＿＿＿＿＿＿＿＿＿＿＿＿＿＿＿

＿＿＿＿＿＿＿＿＿＿＿＿＿＿＿＿＿＿＿＿＿＿

但是，为满足这个需要，他（她）必须做到……＿＿

＿＿＿＿＿＿＿＿＿＿＿＿＿＿＿＿＿＿＿＿＿＿

＿＿＿＿＿＿＿＿＿＿＿＿＿＿＿＿＿＿＿＿＿＿

＿＿＿＿＿＿＿＿＿＿＿＿＿＿＿＿＿＿＿＿＿＿

＿＿＿＿＿＿＿＿＿＿＿＿＿＿＿＿＿＿＿＿＿＿

04 解读心魔：人物最害怕什么？

心魔是人物的弱点、创伤、恐惧或曾经犯的错。心魔拥有和欲望一样强大的驱动力，你要做的是揭示心魔，并让人物直面他最害怕的事物。

◎ 创意写作思维模型

马斯洛需求层次理论解决的是"人物最想要什么"的问题，针对它的反面，我们还需要问"人物最害怕和讨厌什么"，也就是揭示人物的心魔，了解人物内心深处的缺陷。心魔是阻碍主人公获得成功的因素，是他需要改变的弱点，需要克服的内心障碍，需要治愈的心灵创伤。

对于《白雪公主》里的皇后来说，她的心魔就是白雪公主。准确地说，白雪公主是她自私、嫉妒心的投射，她从白雪公主身上看到的正是她失去的东西：永恒的美丽，无尽的青春。而对于阿 Q 来说，他的心魔是什么？他已经是底层了，住在破庙里，打点短工讨生活，但是他依然拥有作为人的尊严感。别人骂他、嘲弄他时，他立刻意识到自己那不可侵犯的自尊。孔乙己也是如此，也许被打的疼痛并不是他的心魔，他的心魔是无法面对落魄的自己，无法承认一个知识分子的没落。

在很多小说中，我们经常会看到：对于一个童年不幸的人来说，父亲可能是他的心魔，因为父亲对他过于严厉，父亲代表着不可理解又难以挑战的权威。对于经历过感情欺骗的女人来说，失败的婚姻可能是她的心魔；对于一个黑人来说，种族歧视的眼光和面对白人时的自卑与不甘，可能是他的心魔。那些曾经犯过的错或者受过的伤害，都会成为心魔，只是有些人把它藏得很深。无论是大英雄还是小人物，无论是现实中的人还是想象中的怪物、卡通角色，都是成长中的人，都是格式塔心理学中的"不完整的、有待完型"的人，因为有心魔，他们才真实可信，才能引发读者的注意和代入感。

每个人都有自己的"阿喀琉斯之踵"。设计心魔的过程，就是让你的人物"成为他自己"的过程。这个过程可能会很残忍，因为作为作家，你必须要让人物在故事中直面他的恐惧。例如，可以让人物失去他最珍视的东西；他害怕什么，就一定会发生什么。你可以进行如下的设计。

让一个把生命价值寄托在孩子身上的母亲突然遭遇失去孩子的打击，她的孩子被绑架，或者被拐卖，她在经历了内心世界的崩溃后，踏上了寻找孩子同时也是寻找自己的旅程——例如《亲爱的》《找到你》等电影。

让一个处于事业巅峰、享受成功的人物突然跌下神坛。他可能是个企业家，对自己的管理方法和智慧引以为豪，但在故事里，他会遭遇欺诈，公司濒临破产，他必须迎接他最不想看到的失败打击。

你的主人公可能有洁癖，那他就一定会和一个邋遢的人共处一室，而且可能出于疫情等原因，他还必须和这个人隔离在一起。

让一个有心理阴影的人物直面自己的阴影。他怕水，就让他必须游泳，例如《楚门的世界》；他怕黑，就让他必须在夜晚穿过一片墓地；他怕乘坐电梯、恐高、不敢爬山，就一定要让他做这些，比如他必须爬到高塔上去救自己最爱的人。

让你的人物曾经犯过的罪、心中害怕泄露的秘密被揭示出来。他必须要重新面对那个他故意遮蔽、掩藏起来的过去，他必须意识到自己之前的执念是错的。比如，一个有地域歧视、种族歧视、性别歧视的人，必须要让他经历一次改变偏见的冒险，让他踏上反思和自我救赎的旅程。在这样的危机中，他能够重新发现自己，获得成长。

 动手写吧！——心魔诊断室

现在，像心理咨询师一样走进你的人物内心，依据你的生活经验和对人性的理解，发现人物的心魔，然后再设计相应的情节让他（她）直面心魔，打开心结。

你可以按照表格的提示去写：

人物心魔	直面心魔的事件

经典作家和你一起写

扫码参考第四周范例02

05 › 有趣灵魂：人物最喜欢和关心什么？

为人物设计爱好，能够让人物更有趣，更容易被读者记住。作家常用的三种方法是极致化、反差化和怪癖化。

◎ 创意写作思维模型

不同的人有不同的喜好。根据"同好"可以区分一类人，正所谓"物以类聚，人以群分""道不同不相为谋"。在设计人物时，要问一问：人物最喜好什么？这种喜好遍布生活的各个领域：喜欢什么样的衣服，喜欢什么颜色，喜欢什么车，喜欢什么样的异性，喜欢吃什么食物，等等。有些喜好和人物的行动目标直接相关，有些则只是生活中的点缀，但无论如何，为人物设计爱好和怪癖，能够让人物更有趣，更容易被读者记住。

最常用的方法是将人物的喜好推向极致：痴迷。佛教总结出生活中的"五毒"——"贪、嗔、痴、慢、疑"，痴列其中。但在文学创作中，我们要尽量写出人物的"痴"，痴人反而特别有魅力，容易引起读者和观众的共鸣。经典作品中有许多"痴绝之人"：《红楼梦》中贾宝玉和林黛玉是情痴，贾瑞则因痴恋王熙凤的美色而病死，可谓色痴；《金瓶梅》里西门庆沉溺肉体之欢，应是性痴；《聊斋志异》中的郎玉柱则是书痴，日夜苦读，当真在书中遇到了颜如玉；徐迟的报告文学《哥德巴赫猜想》里把陈景润刻画成了一个"数学痴"；阿城的《棋王》里的王一生则是一个棋痴……

还有一种反差型的创意法：故意让人物的喜好与他的身份形成反差。金圣叹把这种方法叫作"翻尽本色"，就是将其本性"翻个底"："写山僧必写其置酒，写美人必写其学道，写秀才必写其从猎，写武臣必写其读书，谓之翻尽本色，别出妙理也。"[1] 以酒来写山僧，以从猎写秀才，能体现出别样的妙处来。套用到现代小说里，你可以写一个特别的医生，不喜好研读医书，反而喜欢看小说；一个温柔善良的护士，下了夜班像换了一个人，喜好喝酒和听摇滚；一个拳击手，喜欢养仓鼠，尤其享受把小小粉色肉球捧在手心的温柔感；一个杀人狂，喜欢夹娃娃机……

除了设计人物"正常"的喜好，还可以根据其行为习惯、性格特质，设计怪癖。怪癖反常、可爱，容易给读者留下深刻印象。有些怪癖是仪式化的动作或习惯。例如《这个杀手不太冷》中的反派在杀人之前，必要咬碎一颗致幻剂胶囊，然后戴上耳机听贝多芬；《水形物语》中的中产阶级军官在焦虑时、得意时都会吃一颗薄荷糖。有些怪癖表现为收藏癖或者囤积症，比如喜欢收藏芭比娃娃、火柴盒、口

---

[1] 〔清〕金圣叹著，陆林辑校整理：《金圣叹全集》（第一册），凤凰出版社2008年版。

红、垃圾、玻璃瓶等。

 动手写吧！——搜集人物喜好

现在，想象你已经和你的人物生活在一起很久了，你捕捉到了他（她）不为人知的喜好或习惯细节。请写出你的人物的三个爱好或怪癖，再从中选出最有亮点的一个，写入你的人物小传。

你的人物最痴迷的事物及其原因：

你的人物最具反差感的爱好：

你的人物某方面的习惯或怪癖：

经典作家和你一起写

扫码参考第四周范例 03

06 清单法：定制你的人物小传

> 你可以借鉴普鲁斯特问卷法，根据清单，列出人物的 8 个表面信息点、3 个深层信息点和 5 个补充信息点，写出详细人物小传，创造独一无二的故事角色。

◎ 创意写作思维模型

想象你要写的人物已从纸面走出来，你可以看到真实的他（她）。为了深入了解他（她）的深层性格，你需要运用作家创作专属的修订版普鲁斯特问卷。普鲁斯特问卷是 19 世纪晚期流行于巴黎艺术家圈子的一种沙龙游戏，通过特定的提问来了解对方的世界观、人生观、价值观等内在认知模式。其中，普鲁斯特的回答刊登在杂志上，成为最经典的回答，因此这种问卷就以普鲁斯特命名。英文版普鲁斯特问卷有 35 个问题，结合作家创作的需要，我们将其修订为以下 20 个问题。请站在你的人物的角度，回答这些问题。当然你也可以增加新的问题，但最好不要略过任何一个问题。

作家专属的修订版普鲁斯特问卷

1. 你认为最幸福的一天是怎样的？

2. 你最大的恐惧是什么？

3. 你最痛恨自己的哪些特质？

4. 你最痛恨别人的什么特点？

5. 你当下在遭遇什么烦恼？

6. 你撒过最大的谎是什么？

7. 你最理想的伴侣是什么样子？

8. 如果你的爱只能献给一个人，你要献给谁？

9. 别人通常会用什么词语评价你？

10. 拥有什么事物可以让你感到最快乐？

11. 你最想拥有哪种技能或超能力？

12. 你最珍贵的财产是什么？

13. 你认为自己最大的成就是什么？

14. 失去什么会让你感到最痛苦？

15. 你喜欢和怎样的人交朋友？

16. 能否讲一个从未告诉过别人的你的秘密？

17. 你最想住在哪里？

18. 你最想向谁道歉？

19. 你认为人以何种方式死去是最好的？

20. 你的座右铭是什么？

现在，再结合之前的练习所搜集的人物基本信息点，我们就可以定制一份详细、完整的人物小传啦！

 动手写吧！——定制你的人物小传

人物小传分为两种，一种是故事（小说、剧本）已经完成后，写在最前面的人物传略，方便导演、演员和制片人、投资方快速了解人物信息，留下印象；另一种是故事构思阶段，作者写给自己的详细人物大纲，用来引导创作。很多人会将两者混淆。我们在构思阶段应该把人物小传写得事无巨细，即使其中许多信息可能在故事正文中并不会直接出现，但是详细、完整地写出来，有助于作者完全把握人物。

现在，综合第三、第四周的所有练习，请你根据下面"8个表面信息点＋3个深层信息点＋5个补充信息点"补全表格，写出详细的人物小传。

人物小传细节清单		
8个表面信息点		**你的答案**
基本信息	姓名、性别、年龄、身高、体重、民族、血型	
外表细节	体态、面部五官、头发、衣着配饰和物品、谈吐、动作习惯	

（续表）

人物小传细节清单		
8个表面信息点		你的答案
职业细节	技能（神秘工作）、教育经历、工作态度和表现、与同事的关系	
健康信息	身体状况、心理状况（是否接受治疗）	
家庭背景	亲属、配偶、子女、亲密关系情况	
经济信息	收入状况、消费状况、财富状况、信用状况	
情感经历	恋爱史、婚姻经历	
居所信息	出生地、居住地（外部和内部环境）	
渴望	最想要、最关心的事物	

（续表）

人物小传细节清单		
3个深层信息点		**你的答案**
心魔	最恐惧、最讨厌的事物	
喜好	爱好和怪癖	
5个补充信息点		**你的答案**
世界观	与自然、社会的相处模式	
社交观	与他人的相处模式	
人生信条	坚信的原则	
深藏秘密		
当下烦恼		

经典作家和你一起写

扫码参考第四周范例 04

07 人物弧线：让人物在故事世界里变化

> 我们把人物行动过程中性格和内在认知的变化，称为人物弧线。喜剧故事是成长弧线，悲剧故事是堕落弧线，哲理类故事是救赎弧线。

◎ 创意写作思维模型

现在我们已经列出了主人公的所有细节，把他（她）像 3D 建模一样造了出来，他（她）有独特的外表、身世，有自己的灵魂，知道自己想要什么，于是开始行动。在行动的过程中，他（她）会遇到导师、伙伴、反派等一系列人，他（她）会遭受压力、磨难，也会获得指引和帮助，在故事世界里，他（她）也在成长变化。我们把人物行动过程中性格和内在认知的变化，称为人物弧线。好莱坞编剧教父麦基认为，好的故事总是要揭示人物的转变，无论是变好还是变坏。① 人物弧光的说法与福斯特的"圆形人物"有异曲同工之妙。福斯特在《小说面面观》② 中将故事中的人物分为三种类型。第一种是共性人物，他们没有个性特征，是按照人物的年龄、经济地位等一般状况加以综合和概括塑造出来的人物形象，我们可以认为是功能型的 NPC（non-player character 的缩写，指游戏中不受玩家操纵的电脑角色）。第二种是扁平人物，他们往往只是某种观念的化身，按照一个简单的意念或特性被创造出来，这类人物又被称为漫画人物，只有单一思想或特质，无论情节怎么发展，扁平人物的性格、行为方式都不会产生太大的变化，始终如一。例如，情景喜剧中花心的人，从第一季到最后一季永远花心；动画里的喜羊羊永远善良，而灰太狼永远愚蠢。共性人物和扁平人物适用于寓言、童话、民间故事等简单故事类型，而最复杂也最值得学习的是第三种，即圆形人物。这类人物性格特征鲜明并呈现出发展、变化的态势，就像螺旋式上升或者下降的线条。

（一）成长弧线

所有励志型、冒险型、喜剧型的故事，基本上都是螺旋式上升的弧线，主人公从各方面获得了成长：能力由弱变强，性格某方面的缺陷获得弥补，从恶到善，从自私到利他，从自卑到自信，从穷人到富人，从底层到精英，从不幸到幸福……

人物的成长弧线不是突变的，而是潜移默化的过程。比如《西游记》里，孙悟空就是一个圆形人物，他经历了从猴性到人性再到佛性

---

① ［美］罗伯特·麦基：《故事：材质、结构、风格和银幕剧作的原理》，周铁东译，天津人民出版社 2016 年版。
② ［英］E. M. 福斯特：《小说面面观》，苏炳文译，花城出版社 1984 年版。

的蜕变。《西游记》的前几回中，孙悟空只有猴性，不愿受任何社会和道德规则约束，情绪不受控制，可以大闹天宫、偷蟠桃、踢翻八卦炉。但是被压到五指山下改造了之后，他跟着唐僧去修行，他的猴性在一点点抹去，无论是走路的动作，还是慈悲之心、情绪控制、礼仪和智慧，都有了人性。再后来，他不断经历磨难，开始从人性升华为佛性，特别是战胜真假美猴王的心魔后，他开始理解佛陀的悲悯、超脱之境。相比之下，猪八戒就没有明显的成长弧线，一路上好吃懒做、贪婪自私、好色虚伪的本性没有太大改变，所以说，猪八戒是人性缺陷的集合体，是一个扁平人物。

成长弧线，是一个小人物成长为英雄的过程。网文的爽文模式、励志热血动漫的人物塑造都是采取这样的方法：开局主人公起点极低，所有人都瞧不起他，但是经过学习、历练和冒险，他的能力、内在精神、世界观都发生了改变。韩国电影《辩护人》《出租车司机》就是典型的例子，一开始主人公都是自私自利的小人物，对他人没有怜悯之心，但是当目睹了社会中强权的残暴、对弱者的不公、人性的堕落之后，他们内心的公正感、责任感被激发了，他们从小我的认知中突破了，开始勇敢地奉献、付出、利他、牺牲。这是内在认知的蜕变。

（二）堕落弧线

恐怖、黑暗、失控的悲剧故事，都有着螺旋式下降的人物弧线，也称为堕落模式。悲剧是目睹一个人毁灭的过程，是目睹人性的阴暗面和罪恶一点点暴露，最终将主人公吞噬的过程，借由毁灭的过程来反思人性、社会体制和人与人的关系。

古希腊悲剧中的俄狄浦斯就是一个典型，许多经典故事都延续了乱伦禁忌和骨肉相残的母题。曹禺的《雷雨》就是古希腊悲剧的中国化演绎，讲述的是一个家族毁灭的过程，整个人物弧线一直下降、纠缠，直到死亡。

还有一种是《浮士德》类型的故事，主人公受到魔鬼的诱惑而出卖灵魂，一步步走向欲望的深渊。暗黑风格的童话、寓言和大部分惊悚故事都是这种类型：潘多拉的魔盒一旦打开，人物就会陷入失控的境地，死亡或一无所有是其结局。

当然，也不是所有的堕落弧线都是黑暗色彩，比如《罗密欧与朱丽叶》《梁山伯与祝英台》都是经久不衰的爱情典范。整个故事是先上升到顶点——两人相爱，再坠落到谷底——不能相爱，因此殉情。表面上主人公失去了生命，一无所有，但这并不是真的毁灭，而是以毁灭的方式证明爱情的忠贞和伟大，所以这种堕落弧线也可以理解为悲喜剧。

还有一种以"反英雄"的模式歌颂英雄的故事，就是《水浒传》这一类型。表面上看，它讲述的是正义善良的英雄一步步成为土匪、杀人犯、通缉犯的故事，人物开局都有一定的社会地位或一技之长，但最后不是被恶人陷害欺压，就是被好人排挤欺骗，最终在一个颠倒黑白的乱世里，好人成了坏人，每一个英雄最后都被逼上梁山。这种堕落弧线，其实是一种反写法，真正堕落的不是英雄，而是这个社会。虽然《水浒传》中每个人物的外在命运都具有悲剧的相似性，但内在性格还是有很大变化的。正如金圣叹点评说："四十九回之前，写鲁达以酒为命；乃四十九回之后，写鲁达涓滴不饮。"① 恰恰通过

---

① 〔清〕金圣叹著，陆林辑校整理：《金圣叹全集》（第三册），凤凰出版社2008 年版。

戒酒，作者写出了鲁达性格的变化。

（三）救赎弧线

更复杂的是上升和下降复合的曲线。人物有成长，也有堕落，最终在命运起伏中幡然醒悟，实现内心救赎。余华的《活着》就是这种模式，福贵的福祸相依、命运无常的一生，有幸运也有厄运，最后亲人相继去世，他并没有在谷底消沉，而是坚强乐观地生活着，因为他看透了"活着"的生命哲学。

救赎弧线在莫言的长篇小说《蛙》中更为明显。作为一名乡村妇科医生，"姑姑"推广科学的接生方法，亲历村庄一代人的出生，成为受人尊敬的"送子娘娘"。然而，当她成为村计划生育干部后，她便从"送子娘娘"转变为"夺命瘟神"，她为计划生育的信仰完全不顾他人的生命安危，导致了王仁美、耿秀莲和李胆的死亡。在她眼里，超生的胎儿就是一块恶的肉，她逐渐失去了对生命的悲悯和基本尊重，自我异化为政策的工具。到了退休那一天，姑姑从阵阵蛙鸣中仿佛听到了无数被流产的婴儿的控诉，她开始忏悔。她与丈夫郝大手一起制作泥娃娃，将那些被引产的婴儿按照想象中的形象塑捏出来，为他们的灵魂打造一处安身之所，也为自己的心灵寻求一条解脱和救赎的替代之路。姑姑一生的故事呈现出迎接新生命（升）—摧毁新生命（降）—救赎新生命（升）的弧线。

✏ 动手写吧！——标注人物弧线

现在，想象你的主人公已经在故事世界里过完一生。没有人比你更熟悉他（她）的一生，从故事的开始，到故事的结束，他（她）的外在和内在都发生了怎样的变化？外在方面，他（她）实现自己的目标了吗？他（她）是否变得更富有，层次更高，更吸引人？内在方面，他（她）是否战胜了性格的缺陷和阴暗面，价值观和人生观都获得了升华，内心变得更完整、坚强和饱满？或者完全相反。

请你对标成长弧线、堕落弧线和救赎弧线，画出你的人物弧线，并且标注出促使人物改变的关键事件。如果你对人物的结局不满意，也可以修改。

你的人物弧线	
样式	
关键节点	
修改	

经典作家和你一起写

扫码参考第四周范例05

第四周 创意阅读：洞悉 7 部作品背后的写人技法

经典作家们是如何深化人物，设计人物弧线，让人物成为故事亮点的？

如下为你精心挑选了 7 部经典作品范例。它们从人物的习惯、欲望、心魔出发，直击人物灵魂深处，并让人物按照自己的性格成长。

通过对这些作品的创意拆解，你可以更加深入了解大师们的写人技法。这些范例和写作练习是匹配的，你可以理解为经典作家和你一起写。同时，你也可以把它们作为延伸阅读书目的导读材料，用于故事创意写作工坊教学。

第四周创意阅读作品索引：

1. ［英］吉姆·克雷斯：《恶魔的食物储藏室》（美国书评家协会奖作家作品）

2. ［美］舍伍德·安德森：《俄亥俄·温斯堡》（美国短篇小说大师作品）

3. 阿城：《棋王》（全国优秀中篇小说奖作品）

4. 冯骥才：《俗世奇人全本》（鲁迅文学奖作品，第一周创意阅读已提及）

5. ［美］西莉亚·布鲁·约翰逊：《怪作家》（美国经典非虚构故事集）

6.［英］威廉·莎士比亚：《哈姆雷特》（莎士比亚"四大悲剧"之一）

7.［美］艾萨克·巴谢维斯·辛格：《卢布林的魔术师》（诺贝尔文学奖作品）

第五周

人物关系：建构故事里的小社会

故事不是生活的简化，
它是一件艺术品，复杂，却精美。

01 十大关系类型：故事中的六度人脉

> 运用六度人脉理论，故事中的人物关系可以分为亲缘、姻缘、友谊、师承、社群、职场、地缘关系、功能性关系、随机合作、随机敌对十种类型。这些关系可以帮助主人公成长，或营造冲突。

◎ 创意写作思维模型

北岛曾写过一首最短的诗，题目叫《生活》，全诗只有一个字：网。生活是一面网，人无时无刻不生活在各种关系网中。借用人类学家格尔兹的比喻：人只是文化和社会之网上的一只蜘蛛。故事是生活的投射，在故事世界里，主人公不可能单独行动，不可能上演独角戏，他一定要与其他人物发生联结。故事中的人物关系也是现实的投射。即使你写的是奇幻小说或者科幻小说，里面的人物关系依然是人类社会的翻版或变形。例如，《冰与火之歌》参考的是中世纪欧洲的地理与历史，《西游记》中天庭的神仙等级结构和我国古代封建王朝的官僚体系是对应的，《阿凡达》中的世界是对殖民主义的隐喻。

因此，第一步，我们先要了解现实生活中，作为一个个体的社会人，可能会与他人存在哪些关联。

20世纪60年代，社会学家米尔格伦提出了六度人脉的理论假设并做了社会实验证明："世界上任何两个人要发生联系，最多只用通过六个人的层层传递。"[①] 也就是说，你想认识任何人，只需要经过最多六个中间人就可以实现。为此，德国的一家报纸做了一个实验，他们随机选择了法兰克福的一个土耳其烤肉店的老板，问他有没有特别想认识的人。老板说，他想见见美国影星马龙·白兰度，想和他搭上关系。乍一听他们两个人没有任何关联，但是很快，记者就发现他们之间的距离没有那么遥远。因为烤肉店的老板是伊拉克的移民，他在美国加州有一个发小，他先联系到了这个朋友，发现这个朋友有个同事，新交了一个女朋友，而这个女朋友恰好是电影《天生爱情狂》制作人女儿的好朋友，因此通过朋友的关系，他就可以找到马龙·白兰度，因为马龙·白兰度刚好是《天生爱情狂》的主演。也就是说，经过了"发小—同事—同事女友—制作人女儿—制作人—马龙·白兰度"六层关系，就可以实现烤肉店老板与马龙·白兰度的联结。

在具体的故事创作中，我们要脑洞大开，训练自己"六度人脉"的思维：任何两个人都可以发生联结。这也是悬疑小说、爱情小说的惯用思维。我们从六度人脉理论延伸，对标现实的社会结构，可以把故事中的人物关系分为以下10种类型。

---

① 转引自李维文《六度人脉》，湖南文艺出版社2012年版。

（1）**亲缘关系（血缘关系）**。即父母、兄弟姐妹等直系亲属，以及家族宗族亲属关系。这是最亲密的关系类型，可以延伸出家庭小说、家族史小说等特定类型故事。在设计人物关系时，首先要意识到主人公的家庭关系和家族关系是怎样的，是起到助推作用还是阻碍作用。在烤肉店老板的例子中，制作人之所以能够引荐他给马龙·白兰度，是因为制作人女儿作为亲缘关系的信用背书。

（2）**姻缘关系**。由婚姻产生的关系，可以扩展到更大的姻亲关系——妻子和丈夫一方的家庭。国产家庭剧中，有许多由婚恋、婆媳关系引发的冲突故事。在设计人物关系时，要意识到主人公的婚恋选择足以改变其命运轨迹，比如秀才成驸马、上错花轿嫁对郎，都是古典小说的经典母题。同时，爱情和婚姻既可能是主人公行动的动力，也可能是他最大的心魔，比如他困在了一段婚姻里，像围城那样，或者这段恋爱是不正当的情人关系，为此他们很受煎熬。

（3）**地缘关系**。既包括熟人社会产生的邻里关系、同乡关系，也包括更大范围的同胞关系。因为住得近，所以互动更多。在乡土小说中，邻里相约一起劳动，一起聊天娱乐，彼此没有太多秘密；而在城市文学中，邻里可能代表着秘密空间的越界，由此引发很多故事。如果你的主人公是在异地或异国，或战争逃难，或独自漂泊，遇到祖国同胞甚至是老乡肯定是一件乐事，所谓"久旱逢甘雨，他乡遇故知"。在设计人物关系时，要注意主人公所处的地理空间。

（4）**职业关系**。现代社会，职场是生活的重要组成部分。职业决定了人的身份，影响人的阶层划分。职业关系包括上下级关系、同事关系、与客户的关系等，由此衍生出职场小说、行业小说，合作与竞争、励志成长、事业与家庭的冲突等是其核心母题。职场关系放在不同的历史背景下会有不同的体现。在古代场景中，它就变成了官场小说；如果是女性作为主人公的话，就可以是宫斗小说——凡是与身份权力等级相关的，我们都可以把它归为一种广义的职场关系。在烤肉店老板的例子中，起到关键作用的就是老板发小的同事，马龙·白兰度之所以能够出现，也是因为他和制作人是职业合作关系。

（5）**社群关系**。这一般是由有着相同信仰、相同爱好、相同目标的人群构成的，包括学校、协会、社团、帮派、俱乐部等。社群关系是基于一种观念的，比如都信仰基督教，那么就是信徒构成的一种宗教关系。也可能基于同样的爱好：都特别喜欢遛狗，特别喜欢养猫，那么就可以成为"狗友""猫友"；特别喜欢红酒，就可以加入红酒爱好者俱乐部。更专业的同好社群，是各种官方或民间的协会，如画家协会、摄影家协会、民间艺术协会等。在互联网时代，我们很容易找到有相同爱好的人，人物可以因为极其微小的相似性而联结，比如都喜欢某一首歌，都喜欢在深夜跑步。现代教育普及后，还有一种普遍的社群——学校。在学校里，大家拥有同样的学习目标，会有长时间的共同回忆，所以校友、同学关系也变得非常紧密。如果想让你的人物关系更自由，可以多设计社群关系。

（6）**师承关系**。师徒关系和职场上下级关系、社群关系具有相似性，但是专门划分出来，是因为它比较重要和微妙。在武侠小说、玄幻小说中，师承关系可以形成不同的师门乃至帮派和阵营，"一日为师，终身为父"——师承关系与父子关系具有相似性，对师父的追随或背叛，也是武侠小说的母题之一。有许多神奇的、隐秘的学问，需要隐秘的师承关系，所以"取经求道"也是夺宝、冒险故事的母题之一。这个"道"可能是某种炼金术似的技艺，也可能是某种哲学观念。如果你要写的是知识悬疑小说或知识分子小说，师承关系也是非常重要的内容，它会演变成"某种学派"，学派的纷争需要你做足功课。

(7) 友谊关系。友情是最普遍的亲密关系。同事、同乡、校友、同好社群里的熟人可以发展成朋友，也可能一直止于熟人的关系。友情是不断发展来的：我们最早的朋友是父母、兄弟姐妹，然后开始和邻里、同乡的孩子们互动，逐渐有了发小，甚至青梅竹马的朋友。到了学校，从同学中发展出挚友；到了职场，从同事中发展出朋友；到了社群，从同好中发展出朋友；到了异国他乡，又因为老乡的关系，从同胞中发展出朋友；及至恋爱结婚，又会从伴侣那里发展出许多共同朋友。烤肉店老板的例子中，第一把人脉钥匙就是老板的发小，如果没有在美国的发小，就不会有后续的递进。友情可以打破阶层、种族、年龄、文化背景的诸多限定，诞生很多温情故事；友情也是最具有弹性的关系，它可以发展成爱情，也可以诞生出反目成仇的冲突故事。

(8) 功能性关系。这是由于社会分工而产生的服务关系、消费关系、契约关系等。例如快递员和你的关系，可能还没有达到朋友的程度，仅仅是因为你花钱寄快递产生的一种服务和被服务的关系。功能性关系一般遵从商业逻辑，比较松散，如果它突破了界限，就会产生冲突。例如，电影《喜剧之王》中，舞女柳飘飘留在尹天仇那里过夜后，尹天仇留了一叠钱放在床头，柳飘飘的表情由失落到平静。因为如果尹天仇没有付钱，他们就是恋爱关系，是因为喜欢所以发生亲密关系。但由于尹天仇的自卑，他认为自己配不上爱情，所以将这种喜欢降维成"性交易"的功能性关系。同理，如果一个销售员过多地打

147

探客户隐私，客户也会感到被冒犯。"越界的关系"是许多惊悚悬疑小说的母题。

（9）**随机合作关系**。这是比功能性关系更随机的一种关系，可以理解为你在马路上向路人甲问路，和路人乙随便聊了几句，或者搭讪了一个美女，随手帮了一个乞丐。在剧情游戏中，这样的角色叫NPC；在剧场，这样的角色是跑龙套。但是随机合作关系也可能是故事的伏笔，甚至成为重要情节。侦探小说中，一个不起眼的清洁工可能提供重要线索；武侠小说中，一个乞丐乃是世外高人。电影《土拨鼠之日》中，主人公每天重复的行为就是和客栈服务员闲聊、遇到保险推销员、在咖啡馆和陌生人闲聊……但正是在这样的随机行为中，他发现了生活的真谛，决定好好体验人生。

（10）**随机敌对关系**。如果随机合作关系是正向的，是好运，那么随机敌对关系就是厄运、倒霉。比如作为球迷的你被对方球迷激怒而打起来，或者正在珠宝店购物时突然遭遇绑架和抢劫。生活中随处可见的、不可控的伤害和危险，是惊悚小说、动作片故事的母题之一。甚至有人总结，如果故事写不下去，就写一个人打开门，看到有人拿枪指着他。

请注意，在具体的故事创作时，以上10种关系可以按照亲密程度进行排序：最亲密的是亲缘、姻缘、友谊关系，较为亲密的是师承、社群、职场、地缘关系，最疏远的是功能性、随机的合作和敌对关系。这些关系是为主人公服务的，既可以是正向的关系，帮助主人公实现目标和成长；也可以是负向的关系，阻碍主人公的行动，为他制造厄运和麻烦。最后请记住，人与人的关系是不断变化的：没有永恒的朋友，也没有永恒的敌人。

动手写吧！——移动密室设计

想象你的主人公登上了某个公共交通工具，可能是公交车、火车、轮船、缆车或者飞机。这个交通工具缓缓启动，形成了一个移动的密室，上面乘客或多或少，请你从中选取 11 个人（包括你的主人公在内）。这 11 个人表面上没什么关联，但运用六度人脉理论和十大关系类型的方法推演，发现他们之间存在着千丝万缕的隐秘关系，可能会发生谋杀、爆炸、自相残杀或者意外的惊喜等其他意想不到的故事。

请你设定这 11 个人的身份，速写他们的年龄、性别、外表，然后让他们之间发生联系，画出人物关系图，你需要达到如下的冲突效果：

发现丰富的关系：例如，11 个人中，有母子结伴，有朋友结伴，有同事，有随机形成的关系……

写出矛盾纠缠的关系：例如，11 个人中有表面恩爱的夫妻，但其实早已同床异梦，而其中丈夫的情人也在这个交通工具上……

写出隐藏的关系：例如，11 个人中，有人隐藏了身份，他可能不是真正的售票员，或者他可能伪装了职业……

你的设计：

02 点面结合：绘制关系图谱的两大方法

> 人物关系设计常用两种方法：由点到面法——从一个人或一个目标、一个罪恶原点出发，牵连出一群人；由面到面法——先构思世界观，再写家族、门派、阵营，适用于长篇小说。

◎ 创意写作思维模型

在进行人物关系设计时，你要对六度人脉理论和十大关系类型了然于心，形成一种本能的发散思维：一石激起千层浪，从眼前的人物，联想到他背后的家庭、职业、社群、国家等更大的世界；还要由表及里，从眼前看似简单的关系，想到背后深层的真实关系；同时，要变化地看待关系，从现在的关系向前看到过去，向后看到未来。具体可以采取两种方法：由点到面法和由面到面法。

（一）由点到面法

你可以从一个人写到一群人，写出背后的关系，勾勒出社会群像；或者从一个内在目标开始，顺藤摸瓜，展示出盘根错节的人物关系图景。这个目标可能是强大的欲望，由主人公的冒险和探索引出其他人物，比如父母、竞争对手、爱人、师父、朋友等。这个目标也可能是为了掩盖一个罪恶，由此引出人物关系的纠缠（复仇、躲避、情杀、相互利用等）。侦探、悬疑、冒险类型小说的人物关系设计一般采取此类方法。例如，如果你将东野圭吾小说《白夜行》的人物关系图画出来，就会看到整部小说是围绕主人公掩盖罪恶的行动一点点展开的，最后真相大白。

（二）由面到面法

如果你写的是恢宏的长篇小说，一般要先架构世界观，再去设计人物关系，也就是以面到面的方法。金庸先生构思武侠小说时，在脑海中先有一个庞大的武侠世界谱系，他的《天龙八部》《射雕英雄传》《神雕侠侣》《倚天屠龙记》《笑傲江湖》，里面的人物是一以贯之的，是一个武侠家族的图谱，在此基础上再划分门派、阵营，形成一个和王朝历史相映射的江湖世界。在这样的背景下，再去设定主人公以及主人公的师父、父母、同门、合作的门派、敌对的势力、江湖伙伴等。你可以试着画出金庸的武侠世界地图。乔治·马丁的《冰与火之歌》也是这种写法，他是将中世纪欧洲历史进行拆解，给贵族的人物关系涂抹上奇幻色彩，进行变形处理后，建构起奇幻世界的不同王国。

世界观设定好以后，要注意让人物在各种关系中发生冲突，让人物做出痛苦的抉择。金庸的武侠世界里，段誉总是面临亲缘和姻缘的冲突，每谈一个女朋友，到后来都发现是自己的妹妹；令狐冲面临着个体我与集体我的冲突，他的师父不允许他修习其他门派的武功，他面临师门道义和更开放的武学精神之间的冲突，特别是当他和魔教教主女儿任盈盈相恋后，他的爱情关系和江湖地位之间也发生了冲突。

 动手写吧！——游览故事大厦

现在，选择你最熟悉的一栋公寓楼，认真观察楼内进出的男女老少，想象他们背后的故事和彼此的隐秘关系。它不只是一栋水泥大厦，而是一个有血有肉的众生相的皮影戏、一面反映了人性百态的西洋镜。请运用从点到面和从面到面的方法，从一个人到另一个人，从一个屋子到另一个屋子，从一个人生到另一个人生，建构一个故事大厦。你需要标出大厦的门牌号，写至少 10 个人物，也许他们都和一宗谋杀案相关，也许他们彼此有着不可告人的秘密。

你的故事大厦图纸

经典作家和你一起写

扫码参考第五周范例 01

03 构筑阵营：从功能项设计人物关系

从人物在故事中的功能出发，设计人物关系。可以运用普罗普的7种角色模型、荣格的8类神话角色模型进行设计。

◎ 创意写作思维模型

故事人物关系设计，除了运用发散思维，将现实社会的人际关系投射到故事中，还可以使用两种固定的故事思维模型，快速生成人物关系模板。这两种方法是普罗普的结构功能主义构思法，以及荣格的神话原型心理学构思法。

（一）普罗普模型

普罗普在《故事形态学》中系统考察了100篇俄国的神奇故事，发现故事的角色千变万化，情节也看似不同，但是链接角色和情节的功能项却是有限的。比如："沙皇赠给好汉一只鹰，鹰将好汉送到了另一个王国；老人赠给苏钦科一匹马，马将其驮到了另一个王国；巫师赠给伊万一艘小船，小船将其载到了另一个王国；公主赠给伊万一个指环，从指环中出来的好汉将伊万送到了另一个王国。"① 在上述故事中，不变的功能项是"赠予—运送"（可概括为赠予）。也就是说，上述情节的本质是一样的，而其中的沙皇、老人、巫师、公主也是承担同一种功能的人——赠予者。按照这种思路，他总结出神奇故事（童话）一般包含7个恒定角色，承担相应的固定功能，分别是对头（加害者）、赠予者（提供者）、相助者、公主及其父王（要找的人物）、派遣者、主人公、假冒主人公。

围绕这7个恒定角色，你就可以设计童话风格的故事了。先设定一个主人公，然后为他设计一个派遣者，派遣主人公去某地解救公主、寻父或夺宝。紧接着为他设计提供装备、交通工具、技能的赠予者和相助者若干，在冒险过程中，主人公会受到对头的陷害，还会遇到假冒主人公的骗子，最终历经磨难获得成功。在此过程中，也可以加入一些次要人物，如告密者、诽谤者、叛徒等。

普罗普的模型不仅对童话创作适用，对结构清晰的历史小说、成长小说同样适用。

（二）荣格模型

荣格的神话原型心理学认为，那些经久不衰的故事都具有类似神话的思维模型，它们唤醒了潜藏在读者心中的集体无意识。荣格学派的继承者沃格勒在《作家之旅：源自神话的写作要义》一书中，总结了故事通用的8种人物原型。②

---

① ［俄］普罗普：《故事形态学》，贾放译，中华书局1998年版。
② ［美］克里斯托弗·沃格勒：《作家之旅：源自神话的写作要义》（第三版），王翀译，电子工业出版社2011年版。

（1）英雄：主人公，有欠缺、有需求，一般是主动型的，也可以是被动型的。

（2）导师：技能导师、经验导师、激励导师……

（3）阴影：外在的反派（恶人）、内在的反派（弱点、心魔）。

（4）信使：传递消息、链接情节的角色，可以为英雄服务，也可以是反派帮凶。

（5）变形者：捉摸不定的恋人、可能会背叛英雄的伙伴。

（6）伙伴：主人公的朋友、同盟、帮手、随从。

（7）边界护卫：阻碍和考验英雄的人、反派的帮手。

（8）骗徒：喜剧的、玩世不恭的调节型人物。

这8种原型人物的组合方式是：首先设定一个英雄（主人公），他踏上了追求目标的冒险旅途，然后为他设计一到两个导师、若干伙伴；在旅途中，他可能会收到信使传递的消息，会遇到变形者的背叛，会多次遭遇阴影（反派）的打击和边界护卫的考验。当然，有时，一路上还有玩世不恭的骗徒带来一些调剂的笑料。

在具体的类型故事中，你需要注意：写作神话、奇幻故事时，结构要清晰，呈现出明显的正—邪对立结构，英雄和反派势不两立；而在恋爱故事中，阴影既可以是外在的情敌，也可以是主人公内在的懦弱、自私，而起到阻碍作用的父母、老师等人物可以承担边界护卫的功能。在侦探悬疑故事中，英雄是侦探或者警察，阴影是凶手，旅途中会有许多信使提供各种消息，但其中不乏变形者提供干扰信息；在成长小说中，英雄的成长和导师密切相关，可以多设定不同类型的导师角色。

动手写吧！——设计人物阵营

现在，请你对标普罗普模型和荣格模型，快速设计一份人物关系大纲。

第一步，根据你之前所写的主人公人物小传，明确主人公的形象和目标。例如：张三，一个过气拳击手，目标是获得比赛冠军。

第二步，为主人公分配3—5个帮手，形成帮手阵营（包括伙伴、导师等）。

第三步，为主人公设置1个反派，和3—5个反派的帮手，形成反派阵营。

第四步，加入调节气氛的骗徒角色、边界护卫、传递消息的信使等角色。

第五步，根据十大关系类型，设计帮手阵营和反派阵营，使人物关系多元、丰富、有创意。记得标注出对应的是哪种关系类型、哪种人物原型。

第六步，写出你的原创构思。如果没有思路，也可以拆解你看过的小说、动漫、电影或玩过的游戏作品。

人物关系结构表			
主人公＋目标		对应关系类型	对应原型
帮手阵营	1. 2. 3. 4. 5.		
反派阵营	1. 2. 3. 4. 5.		

（续表）

人物关系结构表			
主人公＋目标		**对应关系类型**	**对应原型**
其他角色	1. 2. 3. 4. 5.		

经典作家和你一起写

扫码参考第五周范例 02

04 说吧！故事：运用对话激活人物关系

运用对话将人物关系引发的故事表现出来，常用对话类型有七种：展示信息型、表达感受型、展示关系型、动作指令型、展示个性型、激化冲突型、主题代言型。

◎ 创意写作思维模型

对话，是展示人物关系最常用的方法。通过巧妙设计对话，可以调动人物情感，刺激人物行动，使人物关系中潜在的冲突感爆发出来。从故事功能来看，主要有七种对话类型。

（1）展示信息型对话。这是我们生活中最常见的对话，一般可以用"5W1H"概括，以名词形式呈现，即什么人（who）、什么时间（when）、什么地点（where）、做什么（what）、涉及衣食住行用的什么物品（what）、怎么做（how）。例如"几点了？""我们到哪里了？""这个多少钱？"等。展示信息型对话不是流水账，它是有意味的，可以交代细节，表现人物情绪或习惯，表现人物关系或用于情节转场。我们要避免以流水账形式把日常琐碎对话全部照搬上去。比如："想吃什么？"—"吃油条。"—"几根？"—"两根。"—"要醋吗？"—"不要。"这一系列对话必须是有用意的，比如反映人物生活习惯，或者表现温馨气氛。否则就是废话，需要删改。

(2) 表达感受型对话。可以是直接表达情绪，如"我不开心""我很难过"；也可以用特定语气表达隐含情绪，比如夏目漱石那句"今晚的月色很美"。在海明威《白象似的群山》里，女孩的话"那就求求你求求你求求你求求你求求你求求你求求你别说了，可以吗？"，虽然没有直接展示她咆哮和尖叫的行为，但连用7个"求求你"已经反映了她痛苦、纠结、厌烦的情绪。需要注意的是，很多精彩的对话往往是从不认同情绪，或者激化情绪的争吵开始的，也就是说，对表达感受型对话的回应才是真正的看点。比如一个女孩说"我不开心"，而男人只是继续打游戏，或者说"别烦我"，这样争吵就来了，冲突就展开了。

(3) 展示关系型对话。既可以直接交代人物关系，如"我是她老公""老师好""这是我妹妹"，这种对话一般用于人物登场；也可以暧昧地暗示，表现人物关系的深层信息，比如父亲原谅了儿子，不会说"我原谅你了"，而是说"你回来吧"或者"吃饭吧"。在越剧《梁山伯与祝英台》十八相送的场景对话中，祝英台用了二十多个比喻来暗示她是女生，她喜欢梁山伯，但是梁山伯都没有理解。有冲突的对话，往往表现的是人物关系的变化，比如"从此以后，我不再是你兄弟"。另外，随着关系的改变，人物之间相互说话的语气、姿态也会发生改变。

（4）**动作指令型对话**。这种对话通过发布任务、命令的形式展示信息，引出新的情节，比如"你去帮我捎个话""你能借我十万块钱吗?""今晚来桥头交易""给你推荐一个人，你去找他，可能会有帮助"。动作指令型对话，既可以是友好商量后达成协议，也可以是诱骗、挑逗、激怒。比如《白象似的群山》里，男人请求女孩去做那个手术，双方以暧昧的方式商量，但是显然女孩处于被动地位。当大家发现情节节奏很慢的时候，可以尝试用动作指令型对话来产生新动作、新剧情。

（5）**展示个性的对话**。这种对话一般是通过口头禅，或者人物的说话内容、语气、腔调来表现人物性格，如吹牛、结巴、爱拍马屁等。很多情景喜剧都会为人物量身打造个性对话，比如《老友记》《武林外传》等，每个人物都有专属口头禅。

（6）**激化冲突型对话**。这种对话有时是对感受型对话的回应，有时是对指令型对话的回应，比如女孩说"我喜欢你"，男孩却说"你不配跟我表白"，那么接下来就会有激烈的争吵了。男孩的回应就属于激化冲突式对话。再比如，一个男人拿枪指着另一个人说"给老子跪下"，这句话是指令型对话，但是带着羞辱，也属于激化冲突式对话。这种对话，往往是一方抓住另一方的软肋、心魔、痛点进行刺激，有时是脏话，有时是折磨和挑衅，可以将情节推向高潮，或者将人物推向绝境。

（7）**主题代言型对话**。这种对话往往带有顿悟式、启发式的金句。它们替作者表达了主题思想，说出了作者想表达的意图、世界观和人生观。海明威的作品里，"没有被斗败的人""永远打不败的硬汉"，这些句子都属于主题代言式对话。有些纯文学作品可能会让人物大段地进行哲学思辨式对话，例如村上春树、昆德拉的作品。主题代言式对话也能增进人物关系，一般说话人承担了导师的角色，通过这种对话鼓励、启发人物。但是也要注意此类对话不要滥用，否则会略显说教和生硬。

以上七种对话类型都能够展示和增进人物关系，在故事写作中，可以将多种类型叠加使用。

 动手写吧! ——即兴对话任务

金圣叹在谈及写作时，提到要"亲动心而为"，也就是以角色扮演的方式把人物在头脑中表演出来。现在，你领到了如下即兴表演的题目，它们都代表了一种困境，你需要选择其中的一个或几个，运用对话设计的说服力，解决冲突。你可以找到你的朋友演对手戏，也可以一人分饰两角。整个过程可以排演多次，可以角色置换，可以相互商量。最终，将你认为最精彩的对话记录下来。

即兴对话表演题目
1. 人质说服绑匪释放自己
2. 消防员说服准备跳楼的人放弃自杀念头
3. 母亲说服大龄女儿结婚
4. 分手与抗拒分手
5. 劝说一个正在暴怒的人
6. 劝说父亲戒烟或戒酒
7. 向一个人推销他（她）不需要的东西

你的记录：

经典作家和你一起写

扫码参考第五周范例 03

第五周 创意阅读：图解 5 部经典作品中的人物关系

　　大师级作家是如何设计人物关系、构建故事世界的？前文的创意思维模型中已经提及了不少经典案例，下面又为你精心挑选了 5 部必读的作品范例，主要是古典小说，因为古典小说的人物关系结构清晰，非常适合初学者模仿。细读后你会发现，古典小说讲故事的方法和经典类型电影具有异曲同工之妙。这些范例和写作练习是匹配的，你可以理解为经典作家和你一起写。同时，你也可以把它们作为延伸阅读书目的导读材料，用于故事创意写作工坊教学。

　　第五周创意阅读作品索引：

　　1. 张大春：《公寓导游》（时报文学奖获奖作品）

　　2.〔明〕施耐庵、罗贯中：《水浒传》（四大名著之一）

　　3.〔清〕钱彩：《说岳全传》（经典英雄传奇小说）

　　4.〔明〕许仲琳：《封神演义》（经典神魔小说）

　　5.〔明〕罗贯中：《三国演义》（四大名著之一）

第六周

情节：让好戏接连上演

让故事在意料之外、
情理之中——作者永远要比读者想得多一点。

01 动词串烧：情节从戏剧化动作开始

情节，是富有因果逻辑联系的一连串动作的组合，情节写作从训练动词思维开始。

◎ 创意写作思维模型

"情节，是对行动的摹仿。情节描述的是行动中的人。"[①] 亚里士多德在这里反复强调的是"行动"，行动就是完整的、有具体目标的、有意味的一系列动作（Action）。情节由这些连贯的戏剧化动作构成。

因此，在设置情节时，首先想到的应该是动词。没有动词，人物就是静止状态，无法引发故事。试想小红帽乖乖地坐在家里，而没有提起篮子走向丛林深处去为外婆送蛋糕，如果灰姑娘只是靠着窗口

---

① ［古希腊］亚里士多德、［古罗马］贺拉斯：《西方学术经典文库：诗学·诗艺》，郝久新译，九州出版社 2007 年版。

发呆，抱怨着不公平的生活，而没有走到王宫去参加舞会，也就没有后续故事了。

训练动词思维是情节写作的第一课。你需要仔细观察人物的一连串动作，把这些动作运用准确的动词表述出来，像做烧烤一样，形成"动词串烧"，以此勾勒出一波三折的场景。例如，去观察一个厨师做菜的过程，把每个步骤都用相应的动词记录下来，你可能会用到"冲洗、切、剖、涂、擦拭、开火、油煎、翻炒、焖、煮"等一系列动词，以此串联成鲜活、生动、色香味俱全的文字剧场。

 动手写吧！——盲人电台解说

想象自己是一名盲人电台的主播。盲人听众们点播了如下节目，请你从中任选一个或多个场景，运用动词串烧的方法进行解说，要做到动作连贯、准确、生动，使听众们仿佛置身其中。

盲人电台节目单	
解说频道	解说场景
美食频道	卡布奇诺制作过程 茶道师冲泡一杯茶 烹调一道好菜

（续表）

盲人电台节目单	
解说频道	解说场景
体育频道	体操决赛直播 跳水精彩集锦 足球世界杯比赛
动物世界	猎豹追逐羚羊 鹈鹕捕鱼 鳄鱼和角马的对抗
社会新闻	胆小的人杀鸡 见义勇为 极速逃脱

你的解说：

经典作家和你一起写

扫码参考第六周范例01

02
纸上剧场："刺激—反应"模式写情节

> 情节＝n个场景＝n个"刺激＋动作＋后续反应"。创作情节时，想象自己是纸上剧场的导演，学会把人物的情绪情感转化为一连串动作。

◎ 创意写作思维模型

怎样让情节跌宕起伏、引人入胜呢？李渔在《闲情偶寄》中是这样说的："笠翁手则握笔，口却登场，全以身代梨园。复以神魂四绕，考其关目，试其声音，好则直书，否则搁笔，此其所以观听咸宜也。"[①] 在这里，李渔把作家创作情节的过程比作搭建文字剧场，作家既是导演，又是编剧，又是演员。当作家拿起笔的时候，灵魂就已经顺着笔尖进入了所写的故事情境中，他跟随着人物去行动，去感受

---

① 〔清〕李渔：《闲情偶寄》，杜书瀛译注，中华书局2014年版。

人物的喜怒哀乐，同时又能跳出来，以导演的视角把控全局。

如何搭建纸上剧场？我们可以借鉴麦基的方法。麦基认为，情节由 n 个场景组成，而一个场景则需要"刺激＋动作＋后续反应"三个元素①。刺激引发动作，动作带来后续反应，形成一个符合因果逻辑的动作链条，即"情节＝n 个场景＝n 个'刺激＋动作（行动）＋后续反应'"。

许多经典文学和电影场景，就是由一连串的"刺激＋动作＋后续反应"组成的。《水浒传》② 第二十三回"武松打虎"的场景中，"老虎扑来"是一个刺激，这个刺激引发了"武松闪到老虎背后"的后续反应；武松躲到老虎背后，刺激了"老虎掀起腰胯"的动作，这个动作引发了"武松再一躲"的反应；武松两次躲开，激怒了老虎，让老虎大吼一声；然后老虎咆哮着"尾巴一剪"，武松的反应是又躲。老虎一扑、一掀、一剪三个动作，引发了武松三次躲闪的反应，之后武松由被动转为主动。一棒没打中，老虎受到惊吓咆哮着扑来，武松第四次躲开；最后武松见老虎贴近，抓住时机，揪住头就打。整个场景就是由一连串动词连缀起刺激和相应的反应，环环相扣而成。

"刺激＋反应"的模式，还可以让情节更有情绪张力。现在，想象自己是"纸上剧场"的导演，在你的手中有一张指导人物展示戏剧化动作的卡片，你需要运用"刺激＋反应"的公式，按照提示填空，把人物的情绪转化为直观的行动和反应。例如，写一出"狂喜"的戏，首先要确定一个外在刺激。是什么让人物狂喜？可以是彩票中

---

① 〔美〕罗伯特·麦基：《故事：材质、结构、风格和银幕剧作的原理》，周铁东译，天津人民出版社 2016 年版。

② 〔明〕施耐庵、罗贯中：《水浒传》，人民文学出版社 2018 年版。

奖。然后将狂喜的情绪转换为相应的行动展示出来。随后写人物的行动又引发了身边人怎样的反应，或者引起了什么新的刺激、变化产生。

情绪剧场卡片的练习是独幕剧。如果加大难度，想要设计几个人物的对角戏呢？我们还可以采用"刺激＋反应"的公式，将人物的情感和关系状态，转化为行动和反应。我们经常会定论式地表述人物的情感状态，例如，"他对她颇有好感""他的家庭生活一团糟""她是个叛逆的女孩""他和父母的关系特别差"……但是这些表述是无法让读者感同身受的，除非我们通过一系列行动来展示。

 动手写吧！——纸上剧场导演

现在，你作为"纸上剧场"的导演，收到了如下情境选题，请按照"刺激＋反应"公式，从以下选题中任选其一，填写相应的情绪剧场卡片和情感剧场卡片。

情绪剧场选题

①紧张焦灼的一出戏

②恐惧万分的一出戏

③一个人在医院得知自己患了癌症

④一个人被通知父亲临终，要回去见父亲最后一面

⑤一个人拿到亲子鉴定书，发现孩子不是自己的

情感剧场选题
①女孩暗恋眼前这位男生，她的表现是……男生的反应是……
②女孩嫉妒另一个女孩，她的表现是……后来……
③逃犯撞见了警察，他的表现是……后来……
④男孩害怕蟑螂，他的表现是……后来……
⑤女孩很痛恨自己的继父，为什么？她的表现是……后来……

 你的答案：

情绪剧场卡片	
外在刺激	
情绪反应	
行动表述	
引发的后续反应	
完整表述：	

情感剧场卡片	
情感状态	
行动表述 （至少三件事）	1. 2. 3.
引发的后续反应	
完整表述：	

经典作家和你一起写

扫码参考第六周范例 02

03 一线串珠：故事是克服阻碍的旅程

> 激发人物欲望，运用一线串珠的情节编排方法创作完整故事，公式是：
>
> 故事＝愿望＋阻碍1＋阻碍2＋阻碍3＋……＋阻碍n＋解决策略（反转）＋结局

◎ 创意写作思维模型

纸上剧场是最基本的情节段落，即能够创作出一个动态场景。接下来，我们需要把多个场景连缀成一个完整的故事。这时，最容易上手的情节编排方法，就是一线串珠法。它的设计方法是：先为人物设定一个强烈的、读者认同的目标，然后给人物制造麻烦，让他使尽浑身解数。如果最后达成了目标，就是喜剧；没有达成，就是悲剧。

让我们来看看目标设定的方法。促使人物行动的力量是强烈的欲望，可以概括为 I want to do something。这种欲望是一种正向需求，用马斯洛需求层次理论来理解，就是人物感到内在的欠缺或匮乏，因此产生了相应的需求，自然而然地通过行动来满足这个需求。例如，因为贫穷的刺激，所以想要赚钱；因为孤独，所以想要寻找另一半；因为感到羞辱，所以要去做挽回尊严的事，证明自己。人物的愿望一般有具体的指向，如捧得选美奖杯、获得一辆跑车、得到爱情等。在设定时，你可以想一想，你有没有一定要实现的愿望？把这个愿望投射在你的人物身上，为他设定行动策略，你就可以拥有极强的代入感和创作动力。这种情节编排方法可以概括为如下公式，我们称为"一线串珠"：

愿望＋阻碍 1＋阻碍 2＋阻碍 3＋……＋阻碍 n＋解决策略（反转）＋结局

故事就像一个旅程。人物一登场，就有清晰、强烈的行动目标，比如要去冒险夺宝，要去寻找父亲或者去江湖学艺成为武林高手。人物踏上旅程，见识各种奇观，结识各类奇人，遭遇层层阻碍，上演一出出好戏，就像作家在一根金线上串了一个个闪亮的珍珠。

这种模式常见于冒险故事或者公路电影。例如，从大的结构来看，《西游记》的故事就是"西天取经的目标＋81 个阻碍＋抵达终点＋修成正果"；萧鼎的网络小说《诛仙》也是类似的模式：人物修仙夺宝的目标＋不断面对妖怪 1、妖怪 2……妖怪 n，在克服障碍的过程中走向成功。国内最卖座的《人在囧途》系列电影，也是这种模式。第一部《人在囧途》，主人公玩具集团老板李成功和讨债的挤奶工牛耿的目标是在大年三十赶回长沙过年。他们一路上霉运不断：坐飞机，飞机返航；换坐火车，火车因桥坏停开；坐小车，换大巴，大巴半路抛锚，只得住旅馆再搭拖拉机；好不容易中奖得了一辆面包车，还翻到了沟里；最后两人搭着运鸡的三轮车回到家。同样的套路和结构在其后的《泰囧》《港囧》中如出一辙，只不过增添了许多异域元素，将障碍设计与当地的风土人情相结合。

在应用一线串珠模式拆解故事和创作故事时，你还需要注意以下三点：

1. 人物目标必须是合理的，且不易实现。 比如，一方面，你写的人物是一个疯狂科学家，他的目标是费尽心思研制一款杀人武器，来进行战争屠杀，那么这个目标不符合普世价值观，也不会被读者认同。只有他的目标是为了正义，才会被读者信服。另一方面，这个目标不能太容易。比如，你的人物目标就是到北京旅行，他只需买一张火车票或者飞机票就可以实现，没有任何困难可言，这样的目标也就没有代入感。相反，他的目标如果是去亚马孙丛林里探险，这就比较刺激和新奇了，因为他注定要面临许多险境。因此，我们通常会把人物的目标设计成一个极度困难的挑战。

2. 人物遇到的阻碍必须难以化解，且越来越困难。 如果人物遇到的阻碍通过其自身现有的能力就能很快化解，那么读者就不会有阅读的紧张感。只有人物焦头烂额，面临无从招架的困难时，他才能激发出潜力和内心深处的意志，从困境到绝境，再到背水一战，绝处逢生。另一方面，人物遇到的阻碍一般要设计三个以上，所谓一波三折。这些阻碍的性质还不能重复，应该是一个比一个凶险，这样才能达到"升级—成长"的效果。比方说，你写的童话主人公去森林冒险，第一重阻碍遇到了蛇，第二重阻碍就要遇到比蛇更凶猛的野猪，第三重阻碍可能是黑熊……只有越发困难，故事冲突感才越强。

3. 解决策略要合理且巧妙。 在这一公式中，最重要的部分是解决策略的设计。解决策略要在意料之外，情理之中。比如，你的人物突然想出了某个妙计，或者克服了心魔，激发出深层的潜能，获得了挑战的成功；又或者你的人物找到了起关键作用的帮助者，化解了麻烦。解决策略不能莫名其妙。比如，你写的侦探小说中的凶手，突然投案自首，解决了侦探的难题，这就是违反叙事成规的设计方法。最好的解决策略是读者没有猜到，但联系前文又能从细节中推测出来的令人拍案惊奇、回味无穷的策略。

 动手写吧！——拆故事练习

大部分故事都采取了"目标—阻碍型冲突"的设计策略。现在，请你回忆一下你最喜欢的电影、小说、动漫或者游戏，对标"一线串珠"公式，把你最喜欢的故事拆解一下。

当然，你也可以动手设计你自己的故事，并与其他小伙伴们分享！

拆故事练习：

....

....

....

....

经典作家和你一起写

扫码参考第六周范例03

04 弹簧魔鬼：故事是拼尽全力解决难题

激发人物恐惧，运用"弹簧魔鬼"的情节编排方法创作完整故事，公式是：

故事＝难题（危机）＋策略1（行不通）＋策略2（行不通）＋……＋策略n（行不通）＋真正的策略（反转）＋结局

◎ 创意写作思维模型

正向需求可以激发人物的行动力，引出跌宕起伏的故事；负向需求也可以达到这样的效果，可以概括为 I have to do something。负向需求，就是危机和难题，即人物恐惧、讨厌面对的事情，但是又不得不面对。通常，负向需求是一种极端压力，是棘手的事纠缠着人物。例如，一个胆小懦弱的父亲突然得知女儿被绑架，这是一个危机，但他不得不面对，他必须要去拯救女儿。另外，负向需求也通常表现为心魔或者心结。俗话说：不怕一万，就怕万一。人物不得不直面他最害怕的事情。例如，一个有洁癖的人因为瘟疫，不得不在满是蟑螂的房间隔离一个月；一个用生命去爱丈夫的女人，突然发现她的丈夫出轨了，她必须接受爱情的危机，必须直面婚姻难题。

面对危机，要想尽办法逃脱危机；面对难题，要不断试错解决难题。这种情节编排模式称为"弹簧魔鬼"，公式如下：

故事＝难题（危机）＋策略1（行不通）＋策略2（行不通）＋……＋策略n（行不通）＋真正的策略（反转）＋结局

危机和难题引发的故事，就像一个弹簧魔鬼的游戏。弹簧魔鬼本是一种在欧洲民间流行的儿童玩具，著名戏剧理论家柏格森发现它和戏剧创作的原理非常相像："你把它压下去，它就会跳起来；你压得越低，它反弹得越高。"[①] 当人物面对难题或危机的时候，就像是弹簧魔鬼一样，他不得不直面问题、解决问题，因此固执地不断寻找解决策略。但是，他尝试了许多策略都行不通，甚至在尝试过程中又引发了新的麻烦。最后，他就像试钥匙一样，终于找到了对的那一把。最终的那个解决策略，我们称之为"万能钥匙"，它是一个象征，反映了故事的深层主题。

弹簧魔鬼的情节编排方法，强调的是无论面对怎样的难题，主人公自始至终都不能退缩，始终保持顽强精神。比如，刘震云的小说《我不是潘金莲》[②] 里的主人公李雪莲，因为受到丈夫欺骗假离婚，却假戏真作，被丈夫抛弃。十多年里，她为了争取自己的名分，从镇到县，由市至省，再到首都，找到法官、县长、北京的首长，尝试了

---

① ［法］亨利·柏格森：《笑：论滑稽的意义》，徐继曾译，中国戏剧出版社1980年版。

② 刘震云：《我不是潘金莲》，长江文艺出版社2016年版。

各种办法。主人公虽是被动面对危机，是被难题迎头撞上，但她一定不能是懦弱、退缩的状态，而要有一股子执拗，这样的冲突才有张力。试想，如果你写的言情小说的主人公，经历了误解和争吵后，就说不爱了，不再追求了，那么读者一定会边骂边弃读。

 动手写吧！——设计惊悚冒险游戏

　　想象你正在设计一款惊悚、冒险类的游戏。主人公面临一个危机，比如被困在一个类似迷宫的地方，他必须尝试各种方法逃脱；或者他必须要突破层层关卡，去解救公主，完成任务。当然，内容不限于此。

　　请你根据"弹簧魔鬼"的模式，先写出人物面临的危机和难题，然后列出最终可以破解迷宫、可以闯关完成任务的有效解决策略（万能钥匙），再列出 3 个以上无效的解决策略，就像迷宫里的错路一样，写出你的游戏设计思路。这个思路就是一个故事大纲。

　　如果没有头绪，你也可以对标角色扮演类的叙事冒险游戏，模仿它们的情节编排方法。

你的游戏设计：

....

....

....

经典作家和你一起写

扫码参考第六周范例 04

05 情节魔方：随机生成无限可能

> 你可以采取故事转盘、CLOSAT 卡片法，将故事的人物、时间、地点、动作、物品、动机等元素随机联想组合，也可以生成富有创意的情节。

◎ 创意写作思维模型

纯粹靠"开脑洞"，运用联想组合的方式，也可以生成故事。许多创意写作研究者都做过类似的创新实验。

美国青少年创意写作教学专家邦妮·纽鲍尔发明了一种故事转盘（Story Spinner），扭动故事转盘可以随机生成一个带有人物、时间、地点和行动的句子，作为故事开头。儿童和青少年可以续写开头，将写作作为一个创意游戏来操作。这和乔尔·赫夫纳发明的故事开头生成器（Story Starter）类似，任何人都可以登录他的个人网站来使用这款创意写作工具。其原理很简单，发明者按照"某人在某个地方、某个时间为了某个目的或某个物品做出了某种行动"这样的语法结构，即基本的英文句式"somebody do something in somewhere at（before、after）sometime for（to）some reason（objective）"，来随机生成一个故事开头。例如"留着络腮胡的钢琴师趁妻子回家前，在玉米地，杀死了他的律师情敌以此复仇""矮个子的贼在天黑后，潜入富人区，打开了一个保险箱，为了救助他患病的孩子"等。其中的修饰语、主语、时间、地点、谓语动词等都是词典里的随机单词，因此往往会出现不符合逻辑的奇怪的组合表述，例如"一个慵懒的胖子于暴风雨来临前，在动物园清洗一辆摩托车，以此来迎接新娘"。这种看上去荒诞的表述恰恰可以激发创意思维，促使我们联想和整合，使之合理化。采用"Story Stater"的工具可生成356 300 262 144个开头句子。创作短篇小说、电影剧本时，都可以使用。

在即兴生成情节的创意写作方法中，最系统和实用的要属纽约大学电影学教授迈克尔·拉毕格发明的CLOSAT故事元素拼装法。这是一套涵盖故事各元素的卡片，包括：人物卡片（C）、地点卡片（L）、物品卡片（O）、情境卡片（S）、行动卡片（A）、主题卡片（T）。你只需要用扑克牌大小的硬纸或者便笺纸，按照一定的格式记录相应的灵感描述，然后将卡片收集聚合在一起，通过随机抽卡和重新组合，就能生成新的故事。每个元素可以这样写：

C——人物卡（Characters）：写下某个你感兴趣的、想写的特别的人物，必须包括性别、年龄、职业这三个信息，外表、穿着、言行举止等可作为补充信息。例如：一个22岁的电竞女主播，一个带刀疤的45岁毒贩，一个常年背着布袋的枯瘦的行脚僧，一个身高只有

120厘米的侏儒企业家。

L——地点卡（Location）：写下可能发生故事的地点，像写剧本那样，标注出室内或室外、白天或夜晚。可以强调这个空间的建筑风格、给人的观感等特别之处。比如：清晨露天菜市场的猪肉摊，周末的室内海洋馆，潮湿发霉的地下室，深夜的日式小酒馆，薰衣草花海深处……通常特定的人物总是和特定的地点联系在一起，比如流浪汉和贫民窟、医生和手术室。但是，随机匹配可能会产生更戏剧化、有创意的组合效果，例如一个流浪汉躲进了一家赌场或一个高档的商业酒会，一个医生出现在开往索马里的海盗船上。

O——物品卡（Object）：写下一个让人好奇、印象深刻或能够勾起回忆或想象的物品，最好能加上外观、品牌、来历、给人的感觉等细节。例如：一封发黄的情书，一枚粉色蝴蝶发卡，一只断了跟的红色高跟鞋，一瓶限量版的香奈儿香水，一条唐代流传至今的夜明珠项链……可以写得离奇、特别一点，比如一包臭豆腐味的薯片、一条为成年男人买的纸尿裤、一副可以预见未来的神奇眼镜等。

S——情境卡（Situation）：写下一个情境。情境是一个能够引发人联想的画面，带有冲突动作或者带有暗示和隐喻。它可以是一个滑稽奇怪的画面——一只玩具老鼠追着一只宠物猫跑，猫被吓得魂飞魄散；也可以是一个紧张、危急的瞬间——炸弹绑在一个小女孩背上，上面倒计时3分钟，小女孩哭得脸色发白，手脚僵硬。它可以是一个恐怖的巧合——一个躲在床底的小偷目睹了房屋主人的杀人过程；或者是一个引人深思、勾起回忆的定格图像——雨中一个老人孤独地坐在公园长椅上，怀抱着一张遗照。

A——行动卡（Act）：写下一个富有张力的、戏剧化的动作。这和情境卡有些类似，但是不必写出精确的时间、地点和场景。动作表述最好具体，例如向女友求婚、一个老太太在撒谎、一个企业家在演讲、一个女人脱掉高跟鞋追一辆车、一个孩子在做木筏逃生等。

T—主题卡（Theme）：写下你的故事主题，可以是一个词或者一句话，它能够概括你想通过故事探讨的问题，想表达的世界观、价值观或哲思，如"这是一个关于获得尊严的故事""这是一个关于牺牲的故事""这个故事想要探讨爱情最理想的样子"等。

 动手写吧！——翻转情节魔方

CLOSAT 卡片就像一个六面的情节魔方，现在，邀请你的好友一起来制作魔方，玩转故事创意吧！首先，和你的好友组成一个工作坊，要求每个人至少写好两组卡片（人物卡、地点卡、物品卡、情境卡、动作卡、主题卡各两张），如果你和朋友组成的工作坊有 10 人，则至少可诞生 20 组、120 张卡片。卡片写得越多，游戏组合的可能性就越多，创意效果就越好。假如有人无法写完全部元素的卡片，但对某些元素比较敏感和擅长，也可以多写单个元素的卡片，比如写四张人物卡，但是主题卡空缺等。

其次，将所有卡片汇总，按照各自的元素归类，放在六种颜色的盒子里，或者分成六摞。每个参与者通过抽牌和组合的方式即兴生成故事，包括但不限于以下方式：

1. 每个参与者抽 2 张人物卡、1 张动作卡（或情境卡）、1 张地点卡、1 张物品卡、1 张主题卡，用五分钟时间，每人说一个故事；

2. 每个参与者抽 2 张人物卡、1 张情境卡、1 张物品卡、1 张主题卡，快速编一个故事；

3. 每个参与者只抽 2 张人物卡、1 张动作卡、1 张地点卡，快速编一个故事；

4. 工作坊成员共同抽卡，抽取 3 到 5 张人物卡、3 到 5 张地点卡（或情境卡）、1 张主题卡、2 到 3 张物品卡，合作编一个故事。

最后，随机抽卡组合创作并展示故事，邀请工坊成员对其他成员的故事进行评价。大家可以一起讨论：抽到的哪张卡片内容最有趣、脑洞最大？随机生成的哪个故事最有创意、最让人印象深刻？为什么？在生成故事时，会遭遇什么困难？怎样解决这些困难？听别人讲故事的过程中，你获得了什么启发吗？针对你觉得有待完善的故事，你会提出怎样的修改建议？……

转动情节魔方生成的故事：

06 情节模型：所有故事的源代码

故事情节无论多么复杂，都可以用相应的动词归纳为有限的几种模式。其中最常用的是七种基本情节和好莱坞十大情节模式。

◎ 创意写作思维模型

通过纸上剧场的游戏，我们已经知道情节是一系列符合因果逻辑的行动组合。现在，我们要追问的是：既然人的行为纷繁复杂，表述行为的动词也数不胜数，那么描述人的行为的故事情节是不是千变万化，完全没有规律可循？20世纪初到现在，无数的叙事学家、心理学家、艺术家和哲学家都在试图回答这个问题。他们最终发现，故事情节无论多复杂，都可以归为有限的几种模式，人类的故事就是对这些情节模式的创造性组合。

英国学者克里斯托弗·布克尔花费34年，借用荣格原型理论，对1000多部叙事文学作品（包括民间文学、神话传说、小说、电视剧剧本、电影剧本）的情节进行了细读和分析，写出了一本 736 页的巨作《七种基本情节：我们为什么讲故事》①。在这本书中，他将所有的故事情节概括为七种：斩妖除魔、从落魄到富有、探寻、远行与回归、喜剧（战胜逆境的大团圆）、悲剧（堕落导致不幸）、重生（成为更好的自己）。

七种情节原型的表述比较宽泛、笼统，更具体的是编剧导师布莱克·斯奈德所提炼的好莱坞情节十大模式，如果你要写的是电影故事或者类型小说，就可以借鉴这种方法。以下是对这些模式的概括和改写。②

(一)"鬼怪屋"型

模式起源：人类最早的故事原型，如各民族的大洪水传说、古希腊的诸神与怪物的神话。

主要元素：在一个特定的有限空间内，贪婪或者其他可耻的原因，导致了恐怖的事情发生。它包含两个要素：怪兽和屋子。怪兽是力量巨大的邪恶事物的象征，可能是自然界的猛兽、科学实验产生的怪物、外星入侵者、鬼怪、杀人狂；屋子代表一个恐怖空间，可能是科学狂人的实验室、闹鬼的迷宫、荒凉的客栈、杀人狂的地下室等。

隐喻主题：该模式指向一个基本主题——生存，一个持续的动作——"逃跑—躲藏—追踪"，一个通行的游戏规则——别被吃掉（或杀死）。

---

① Christopher Booker，*The Seven Basic Plots：Why We Tell Stories*，Continuum International Publishing Group Ltd，2005.11.

② 以下参考［美］布莱克·斯奈德著《救猫咪：电影编剧宝典》，王旭锋译，浙江大学出版社 2011 年版；［美］布莱克·斯奈德著《救猫咪 2：经典电影剧本探秘》，汪振城译，浙江大学出版社 2011 年版。

（二）"金羊毛"型

模式起源：源于古希腊神话中英雄去海外寻找金羊毛的故事，在好莱坞，也被称作"麦格芬"（Mac Guffin）类型，类似于夺宝的母题。

模式元素：宝物＋旅途。主角踏上征途寻找某物，历尽艰辛最终发现他寻找的实际上是失去的自我。

隐喻主题：表面上是游戏、任务、旅程，实际上是自我发现，自我发现比那个明确的宝物更珍贵。

（三）"如愿以偿"型

模式起源：源于"瓶中魔鬼"这一童话故事原型。

模式元素：它讲述的是主人公通过努力或外界的力量帮助而实现愿望的故事。人内心深处的白日梦、强烈的渴望是它的主要元素，如"我一定要拥有……"或者"要是……该多好"。

隐喻主题：正面的欲望叫作自我实现，邪恶的愿望叫作诅咒、因果报应。主人公陷入贪婪的欲望中不可自拔，最终越陷越深，他终于得到了报应，从欲望中解脱出来，发现了人性中真正值得追求的东西。

（四）"麻烦家伙"型

模式起源：描述小人物的故事，反英雄的故事。

模式元素：一个普通人发现自己意外置身于危险的环境中，他需要使出浑身解数来解决这一困境。其主要由两个要素组成：普通人（主角必须是小人物，这样容易引起读者共鸣）以及麻烦（可表现为必须解决的问题，也可外化为强大的反派）。麻烦越激烈、纠缠，挑战的难度越大，也就越吸引人。

隐喻主题：小人物真实、亲切，遭遇麻烦就是普通人的人生隐喻。因此，这类故事会为读者带来强烈的认同感和代入感。

（五）"超级英雄"型

模式起源：救世主神话，各民族的英雄史诗传说。

模式元素：该模式与"麻烦家伙"型正好相反，是讲述一个能力超群的英雄发现身处陌生的凡人世界的故事。英雄要替平民主持正义、保护弱者、战胜邪恶、完成艰巨的任务。史上最卖座的电影故事漫威和 DC 的超级英雄系列，就属于此类。

隐喻主题：英雄只有超能力是不够的。超级英雄面临的困境是如何处理使命感和个人缺点的问题。例如，他们的能力越大，责任就越大；既要履行救助普通人的使命，还不能暴露身份以免引起世人恐慌；爱情和使命不可兼得；反派太过于强大以至于他开始怀疑自己的力量。简而言之，有缺点的英雄才可爱。

（六）"变迁仪式"型

模式起源：人在生命周期中必须经历的成长仪式，比如成人礼、婚礼、死亡（葬礼）等。这一类型可视为成长小说的范式。

模式元素：主要聚焦于主人公成长经历中痛苦的部分，讲述主人公因生活中的苦难和折磨而产生转变。例如年少时的暗恋、苦情经历，中年的婚姻危机，事业获得成功的奋斗历程等。许多励志的热血故事、非虚构的人物传记故事都属于这种类型。

隐喻主题：从小我到大我，人生就是不断完成蜕变的过程。

（七）"伙伴之情"型

模式起源：爱情、亲情、友情的故事都属于这种类型。

模式元素：简言之，该模式讲述的是主人公和他最好的同伴的故事。它不限于友情，实际上所有的爱情故事都是这种类型的变种，只是多了一层性的暗示。同时，情景喜剧、家庭剧也是这种类型。其经典的套路是：伙伴之间一开始相互厌恶或产生误会，之后他们彼此依赖，相互学习，成就了对方。

隐喻主题：欢喜冤家、爱和陪伴，是伙伴之情的本质。

（八）"推理侦探"型

模式起源：谜语的模式，"造谜—解谜"的本能。

模式元素：这类模式可以概括为：回到一个悬而未决的重要问题的答案，通过因果倒置的方式，促使人们去解开谜团，发现真相。侦探故事已经是一种非常成熟的类型，邪恶的犯罪有助于我们发现被遮蔽的复杂人性。当然这一模式不限于犯罪故事，也包括更加广义的悬疑故事类型。

隐喻主题：求真，理解人性的复杂性，宣扬真理。

（九）"愚者成功"型

模式起源：在古希腊喜剧中，傻瓜是非常重要的角色。愚者成功带有喜剧的传统。愚者总是那些自不量力的人，他们有一种绝不放弃的、看似愚蠢的执着。

模式元素：该模式讲述的是处于弱势的人因某种可贵的特质而获得了成功，与上文七种基本情节的"从落魄到富有"很类似。这一类型既可以涵盖卓别林一类演员主演的"纯滑稽戏"，也包括现代励志喜剧。有时愚者会和一个象征精英的反派竞争，从而起到讽刺的效果。

隐喻主题：反讽的、解构的喜剧精神。

（十）"被制度化"型

模式起源：对弱者的压迫和弱者因社会不公而进行的反抗，是一种常见的悲剧类型。

模式元素：该模式讲述的是一种为多数人而牺牲少数人的故事。这里的制度可以指道德、法律、家庭、民族、政治制度、技术伦理、性别观念等。许多反乌托邦故事都属于这种类型。其核心在于揭示"权力关系"，最基本的动作是"反抗"。

隐喻主题：不安全感，反抗或反抗而不得，是一种典型的悲剧精神。

好莱坞十种情节模式中的一部分和七种情节原型的分类是重合的，例如"鬼怪屋＝斩妖除魔""金羊毛＝探寻""变迁仪式＝重生"。你可以对标每一种模式去拆解你看过的好莱坞电影，也可以尝试写相应的类型故事。

动手写吧！——提炼情节代码

现在，请你借鉴"七种基本情节""好莱坞十大情节模式"的思维方法，尝试用准确而凝练的动词概括你看过的电影故事、网文故事、动漫故事或者游戏故事，提炼出故事核：复仇、欺骗、求爱、寻父、寻子、背叛等。然后，用类似方法，拆解故事，用动词为每个章节拟定小标题。

你拆解的故事	你提炼的情节代码
1.	
2.	
3.	
4.	
5.	

第六周 **创意阅读：6 位经典作家的情节设计指南**

经典作家是如何描述场景，编排情节，写出精彩故事的？如下我们为你精心挑选了 6 部经典作品范例，涵盖了古典文学作品以及诺贝尔文学奖等获奖作品。通过对这些作品的创意拆解，你可以更加深入了解大师们的情节设计技巧。这些范例和写作练习是匹配的，你可以理解为经典作家和你一起写。同时，你也可以把它们作为延伸阅读书目的导读材料，用于故事创意写作工坊教学。

第六周创意阅读作品索引：

1.〔明〕施耐庵、罗贯中：《水浒传》（四大名著之一，第五周创意阅读已提及）

2. 阿城：《棋王》（全国优秀中篇小说奖作品，第四周创意阅读已提及）

3. 贾平凹：《极花》（茅盾文学奖获奖作家作品）

4.〔俄〕契诃夫：《彩票》（俄国短篇小说大师作品）

5.〔美〕欧内斯特·海明威：《老人与海》（诺贝尔文学奖获奖作品）

6.〔明〕吴承恩：《西游记》（四大名著之一，第三周创意阅读已提及）

第七周

冲突：让读者欲罢不能的秘密

好的故事为难题提供具有创意的解决方案，
更好的故事提供不止一种解决方案。

01 冲突思维：让情节更有张力

> 运用冲突思维可以增加情节张力。冲突的本质是对抗，常见的对抗类型有六种：人对抗自然、人对抗人、人对抗自己的弱点、人对抗伦理、人对抗超自然、人对抗宿命。

◎ 创意写作思维模型

埃特加·凯雷特在小说《突然，响起一阵敲门声》里塑造了一个作家的典范，这位作家的故事写得太好了，以至于读者不惜拿枪抵着他的脑袋，只为再听一个。

怎样设计类似的让读者欲罢不能的故事呢？你需要用到冲突思维。

什么是冲突？《现代汉语词典》（第7版）的解释是：矛盾表面化，发生激烈争斗。这和"冲突"的英文 conflict 的解释一致：冲突就是斗争、纠缠。生活中，充满着各种冲突：有情感冲突、经济冲突、文化冲突、宗教冲突等不同类型，有竞赛、暴力、战争、良性竞争等多种方式。在故事创作中，冲突指的是一种戏剧化的故事动力。戏剧中的冲突必须具备两股不同的力，人物向一个目标发力，但有另一股力或者更多的力试图纠正、打消这个力。营造这种冲突感，可以让主人公的行动充满张力，让故事的节奏扣人心弦。

因此，在设计故事情节时，要有冲突思维，不能让主人公顺风顺水，太容易达成目标，而要时刻设计反动作。歌德说，一出戏的主人公应该这样塑造，一切事情都反对他，他或是扫清前进路上的一切障碍，或是成为它们的牺牲品。[1] 比如，如果你写的是言情小说，男主角向女主角表白，女主角欣然同意，那还有什么看点可言？读者要看的就是男主角如何费尽心机，如何战胜情敌，如何突破家族、世俗、物质的一切阻碍，和女主角终成眷属的故事，这样的爱情才弥足珍贵，才能打动人心。

简单来说，冲突就是对抗，根据黑格尔的划分[2]，对抗的内容大概有如下四种。

（一）人对抗自然。风暴、洪水、旱灾、暴病等一切外在的自然原因引起的灾害，导致人物从"一般世界"的和谐中走出来，被迫做出应对的行动，引发意想不到的结果。

（二）人对抗人。这是最常见的冲突类型，一般表现为两种：因为有着同一个目标而产生的个人之间的冲突，比如古希腊戏剧里围绕继承权引发的对抗；另一种是不同民族和文化群体的战斗，延伸为战争、革命故事。

---

① 转引自顾仲彝《编剧理论与技巧》，上海人民出版社 2016 年版。

② ［德］黑格尔：《美学》（第三卷），朱光潜译，商务印书馆 1997 年版。

（三）**人对抗自己的弱点**。由人性弱点引发的冲突，也称为自我冲突。人都有阴暗面，如妒忌、贪婪、冲动、愤怒、吝啬等。当人性弱点显露时，人就会做出过激的行为；但事后，其善的一面彰显出来，就会感到羞愧和后悔。

（四）**人对抗伦理**。由两种片面的善引发的冲突，是一种两难冲突，也是黑格尔最为赞赏的冲突类型，他甚至认为这代表着悲剧的本质，是最高级的冲突。具体来说，就是主人公陷入了两难困境，无论如何选择，都是善的；同时又都会违背伦理规则，结果又都是悲剧的。例如：舍生取义、大义灭亲。

后世的创意写作研究者又增加了两种对抗类型。

（五）**人对抗超自然力量**。人与科技带来的后果之间的矛盾，这是科幻电影故事；人与怪兽、鬼魂、精灵等超自然力的争斗，这是魔幻电影故事。

（六）**人对抗宿命**。人和自己的命运、无常、神的操控相抗争。例如，在一些奇幻故事里，一个人可以预知未来，或者穿越到过去，他能清晰地看到历史和人生的走势，他想要改变这种宿命，由此带来哲学意义上的冲突。

动手写吧！——冲突思维即兴游戏

现在，想象你在参加一个即兴的戏剧表演工作坊，你抽到了一些创作题目。这些题目都源自日常的需求，需要你加入不同类型的对抗，让原本简单、平淡的故事变得富有张力，并且合乎逻辑。

以下是你抽到的题目，请任选一个或多个，运用冲突思维，尽可能地想出不同类型的对抗方式，写出足够多的冲突情节：

即兴冲突创作题目	你的答案（写出足够多的可能性）
第1题： 我渴了，我走向一个水龙头喝水，但是怎样也喝不到水。为什么？	
第2题： 我是一个足球运动员，我努力训练，但是比赛还是输了。为什么？	
第3题： 我喜欢上一个女生，却没法和她在一起。为什么？	
第4题： 我想上大学，但是上不了。为什么？	
第5题： 我为妈妈买了一个生日蛋糕，但怎么也送不到，为什么？	

02 危险任务：设计极端压力型冲突

怎样增加情节的冲突感？就是让人物暴露在极端压力面前，让他面临自然灾害、鬼怪、战争、日常意外带来的死亡威胁，或是领受一个在极短时间内必须完成的困难任务。

◎ 创意写作思维模型

读者需要扣人心弦的故事。怎样能做到扣人心弦？最简单的方法就是将人物暴露在极端压力面前。在面对极端压力时，人往往会表现出内心最深层的一面，比如真正的性格或者暗藏的潜能。极端压力型设计法能够快速吸引读者的眼球，让读者感同身受，立即紧张起来。通常来说，你可以采取两种手法来设计极端压力型冲突。

（一）死亡威胁

没有什么比死亡更可怕。死亡是所有恐怖、惊悚小说的核心主题，也是大多数悬疑小说的核心元素。让人物突然陷入死亡威胁中，是屡试不爽的冲突设计套路。在故事中，死亡威胁通常表现为如下四种类型。

1. **自然灾难的威胁**。例如飓风、地震、可怕的生物泛滥、小行星撞地球等。想想《2012》《后天》《小行星撞地球》等影片，人类在自然灾难面前是那样渺小而无助。危险降临，主人公往往处于别无选择的困境，不得不做出应对。首先他要付出巨大的勇气来自我保全，保证生存的基本条件。例如《少年派的奇幻漂流》中，突发的海难也是别无选择的处境，主人公只有想办法和老虎在一条救生船上共处，否则他就活不下去。

2. **鬼怪的威胁**。鬼怪是人类集体无意识中压抑的恐惧、贪婪、罪恶的象征。在幻想故事中，主人公遭遇鬼怪，往往能激发逃生的本能，营造强烈的冲突感。鬼怪，可能是源于对科技的滥用，例如《异形》《弗兰肯斯坦》《哥斯拉》；可能是对遥远文明的负面假想，例如《独立日》等外星人入侵的故事；可能是对黑暗诅咒的恐慌，例如《木乃伊》《加勒比海盗》；也可能是对死亡恐惧的象征，例如《釜山行》等丧尸故事。鬼怪没有人性，狂暴、肆虐、疯狂繁衍。有时，这些危险被大家共同目睹，并进一步恶化，例如《大白鲨》《侏罗纪公园》；有时，它仅被敏感的主人公率先感受到，例如《终结者》。

3. **战争威胁**。小规模的战争包括宗族械斗，大规模的战争就是抵抗侵略、大屠杀等历史灾难。这些灾难不仅打破主人公的生活，还将其投入无尽的危险深渊。例如，《辛德勒的名单》等战争故事中，面对残酷的战争，主人公不仅要自保，还要用行动思考什么是正义和善。

4. **日常意外带来的威胁**。车祸、溺水、绑架、凶杀等日常中的生命威胁，会完全打乱主人公的生活。正如作家雷蒙德·钱德勒说的："写不下去时，不妨写一个人拿着枪走进一扇门。"引入突然发生的暴力事件，往往会快速吸引眼球，极端的例子是美国电影《死神来了》系列，该系列电影主打"死亡主题"，生活在都市中的普通人会因为微不足道的危险细节而暴毙，例如水龙头忘记关闭、游乐场的过山车一个零件的松动等。写出看似平静和安全环境中突然的危险，人物瞬间被暴露在极端压力之下，往往会产生激烈的戏剧张力。比如《大逃杀》等电影中经典的奔逃场面，就是这种冲突的激化。

（二）有限时间—困难任务

在故事构思中，如果我们将时间刻意缩短，使人物完成任务的难度大幅度提升，也会形成"极端压力"。这种方法的设计要领如下。

1. 设定极其有限的时间。西方古典戏剧有"三一律"的规定，即将故事限定在一天、一个地点内完成。设置有限时间，可以增强故事的紧张感，曹禺的《雷雨》就是典范。《雷雨》将周、鲁两家 30 年的恩怨，放置在不到 24 小时的时间内爆发。有时，直接以"有限时间"为主题也可以生成故事。比如科幻电影《时间规划局》的构思：在未来世界，人类的寿命被规定在 25 岁，到了 25 岁，所有人最多只能再活 1 年，唯一继续活下去的方法就是通过各种途径获取更多的时间，如工作、借贷、交易甚至抢劫，于是时间就成了这个世界的流通货币。生活在富人区的富豪们拥有上百年的时间来挥霍，而底层的民众却只能拮据度日，小心地使用时间……

2. 为主人公分配极其困难的任务，且任务随着时间流逝越来越难。例如《纽约大逃亡》里规定 24 小时内救出总统，《48 小时》里规定 48 小时内找到罪犯，《暗战》中身患绝症只剩四周生命的主人公自导了一场抢劫案，并和警察玩起了 72 小时的猫鼠游戏。《警察故事》系列电影中，穷凶极恶的亡命徒已经把炸弹装在大楼里，拆弹警察必须以最快的速度拆掉炸弹。《七宗罪》中，凶手正在一个接一个杀人，警察和侦探必须马上找到线索，否则就会有更多人遇害。《移动迷宫》中的少年们是被实验的对象，他们必须在规定时间逃出迷宫，否则就会死去。很多故事为了将"有限时间内完成艰险任务"的冲突感推到极致，往往会强调"滴答作响的时钟"等细节：比如最后一分钟救人；炸弹 15 秒内爆炸；变态杀人狂正将受害者放在浴缸里，而水一点点漫上来；越狱者在智能门关闭的前一秒钻了出来……

✏️ **动手写吧！——与死神赛跑**

想象一个人物正处在死亡威胁的极端压力之中，他必须与死神赛跑才能逃过一劫；拯救他的人也必须与死神赛跑，才能把他从死亡线上拉回来。现在，请你对标死亡威胁的设计公式，再加入"有限时间—困难任务"的元素，写一个带有冲突的情境。

你可以站在受害者的视角来写，先写出他遭遇的危机：比如发生海难被困在一个满是毒蛇的荒岛，或者误入了一个被诅咒的荒村老宅，或者下班路上被劫持关在一间地下室……然后，设定一个必须逃脱的时间限制，比如 6 小时、1 天或者 1 周，再详细写出他的感受和他尝试逃脱的过程。

你也可以站在拯救者的视角来写，先写出他领受的艰巨任务：比如一个新手侦探要在 3 天内破获连环杀人案；或者一个退役的拳击手必须在半个月后的比赛中获得冠军，才能拿到巨额奖金拯救他患癌的妻子……然后，不断强调时间的流逝、困难的加剧，详细写出他解决危机、挑战自我的过程。

你可以先用第一人称写一遍，再尝试用第三人称写一遍，对比一下有何不同。

受害者视角：

拯救者视角：

经典作家和你一起写

扫码参考第七周范例 01

03 好戏擂台：设计对抗型冲突

> 只要安排对抗的双方，自然就有好戏看。按照故事题材的不同，对抗型冲突分为威胁型对抗、欢喜冤家型对抗、竞赛型对抗、革命型对抗四种。

◎ **创意写作思维模型**

管理学有一种理论，叫作鲶鱼效应（Catfish Effect）：渔夫在长途运输沙丁鱼时，总会放入一条鲶鱼。因为沙丁鱼好静，在运输时会因缺乏运动而大量死亡；但是加入好动的鲶鱼，沙丁鱼为了躲避它而活动起来，即使路程再远也能保持活力。故事创作也是这样，只要安排对抗的双方，自然会有好戏看。想想汤姆和杰瑞，只要它们俩在一块儿，动画故事就会无休无止地讲下去。具体来说，你可以尝试如下四种对抗型冲突设计方法。

（一）威胁型对抗

对抗的双方在价值观、利益层面是完全对立的，一方威胁到另一方的存在，一见面就会打起来，如警察与罪犯、官府与草寇、英雄与反派……这种二元对立式的思维方式根植于各民族的神话中，正如列维·施特劳斯说的那样，这是一种人类的原始思维方式。古希腊诸神之间相互争斗，中国的史前神话的基本模式都是英雄战胜怪物。仔细看历史小说，刘邦和项羽、诸葛亮和周瑜、曹操和刘备，都是在对抗中产生无穷的故事；再看武侠小说，各大门派，既有盟友，也有仇人，快意恩仇、打打杀杀是其最主要的情节；还有抗战题材故事、谍战剧、职场故事或者宫斗剧都是这种威胁型对抗冲突的典范。

威胁型对抗的双方，有时势均力敌，比如天才的主角遇到天才的对手，如英剧《神探夏洛克》；有时则是主角弱，对手强大。后一种类型的冲突张力更强，因为读者和观众更容易对这种以弱胜强的抗争产生同情和代入感。典型代表如哈利·波特系列中的哈利·波特与伏地魔。哈利·波特从一个懵懂少年一步步成长为熟练运用魔法的勇敢男孩，最终战胜强大的伏地魔。与之类似的，在灰姑娘型的爱情故事里，女主角往往出身平凡，但总是靠善良和聪慧战胜有权有势的女二号、女三号竞争者。

（二）欢喜冤家型对抗

这种对抗不同于威胁型对抗，而是一种表面对抗、实则温情的喜剧化冲突。法国戏剧家狄德罗曾说："如果你要写一个守财奴恋爱的故事，你就让他爱上一个贫苦的女子。这是一个贫富悬殊的对比，两人出身不同，人生观不同，社会地位不同，对同一件事的利害计较就不同。"①

这种类型的对抗常见于爱情喜剧。男女主角因为一个误会相互排斥，见面就斗，在彼此深入了解后，打消了误会，并慢慢擦出爱情的火花。例如《哈佛爱情故事》中，男主人公一开始误以为在哈佛读书的女主人公是妓女，心生鄙夷，由此误会展开了一系列闹剧；韩剧《浪漫满屋》中，女主人公先是晕机吐了男主人公一身，后来又得知男主人公买了她家的房子，更是气愤。

如此的例子不胜枚举。这种误会的来源可能更深层，比如许多经典电影的创意就是将两个性格完全不同的人放在一起，他们在对抗中理解对方，最终成就了根深蒂固的友谊。比如《为戴茜小姐开车》中，性格倔强、古怪的白人老太太戴茜和个性温和但坚持原则的黑人老司机霍克之间由对抗转为忠实的朋友；《雨人》中，自私的查理与和他争夺遗产的患有自闭症的哥哥雷蒙之间本来是威胁型的对抗，后来变成了亲密的兄弟之情，这些都是欢喜冤家的典范。

（三）竞赛型对抗

竞赛即两个人或两个阵营进行能力比拼，这种对抗是在一定规则下进行的游戏。最常见的类型是体育题材的故事，表面上它是身体对抗，是比赛，但往往包含着更深层的隐喻，例如讲述替补拳击手故事的电影《洛奇》。洛奇是一个来自底层的替补拳击手，在面对拳王阿波罗时，他没有怯懦，而是凭着不服输的意志坚持了 15 个回合不倒下。在这里，对抗的结果已不重要，重要的是面对挑战的态度和坚持到底的过程。再比如电影《摔跤吧！爸爸》里，摔跤运动不仅仅是一项代表国家荣誉的体育竞赛项目，更是一种超越性别偏见、改变印

---

① 转引自顾仲彝《编剧理论与技巧》，上海人民出版社 2016 年版。

度女性命运的"社会抗争"的隐喻。

除了体育类电影，还有一些喜剧性的竞赛情境。例如，港片中常见的"比阔"（比赛谁更有钱）、大胃王比赛（比赛谁吃得多）等，这种竞赛往往带有戏谑、夸张的成分，暴露出人性的丑陋。

（四）革命型对抗

这一模式往往表现为少数派对抗一个强大的政治体制或伦理观念，常见于反乌托邦类电影。例如，《V 字仇杀队》和《雪国列车》都将故事设置在未来，底层的弱者起身革命，反抗极权体制。类似的还有《第一滴血》中的退伍军人兰博，这是一个"反英雄"的英雄形象，他以一人之力反抗代表恶势力的警察。革命型的反抗往往带有一种另类的英雄浪漫主义，例如《被解救的姜戈》以一个黑人英雄的复仇表现了对抗种族歧视的观念。近年来频繁出现的酷儿电影则表现了性少数者对社会性别观念和性伦理霸权的反抗，典型例子有《海德威格与愤怒英寸乐队》《月光男孩》等。

🖊 动手写吧！——密室剧本杀写作练习

现在，想象有七八个人，他们职业不同、性格迥异，由于瘟疫、战争或恶劣天气被迫躲避在一间密室中。他们之中有单独来的，也有与朋友、恋人或家人结伴而来的。表面上，他们毫无瓜葛，但实际上暗流汹涌，充满着各种恩怨情仇。这一切都从一段争吵、打斗开始，接着密室里有人被杀，每个人都有作案嫌疑，他们相互猜忌着，直到出现越来越多的对抗、越来越多的死亡，最后人们才发现真相就在错综复杂的人际关系中。

现在，请你对标对抗型冲突的四种设计方法，巧妙组合人物关系，完成一个密室剧本杀的构思。要求：写6—8个人物，他们之间存在各种对抗关系，有威胁型对抗、竞赛型对抗、欢喜冤家型对抗等，而凶手就潜藏其中。

该你啦！动手写吧！

你的剧本杀构思：

经典作家和你一起写

扫码参考第七周范例02

04 滚雪球游戏：设计失控型冲突

寓言和喜剧类故事常用失控型冲突，即放大人性的弱点和阴暗面，让故事的"雪球"越滚越大，最后走向崩溃。常用的三种模式是欲壑难填式、星火燎原式和蝴蝶效应式。

◎ 创意写作思维模型

失控型冲突常见于暗黑童话、反讽喜剧或者奇幻寓言类故事。这一手法类似于"滚雪球"：起初，主人公以为只是遭遇了极其微小的事，比如得到或失去了一个东西，然后影响越来越大，造成了一连串连锁反应，事情如同滚雪球一般越滚越大，最后到了不可控制的地步。这种模式看上去和"目标—策略型"冲突完全相反，主人公不是主动地解决问题，而是被欲望、谎言和麻烦裹挟，直到醒悟或溃败。在具体的故事创作中，可以套用以下三种思维模型。

（一）欲壑难填式

正如浮士德和魔鬼做交易一般，欲望的阀门一旦打开，人性弱点就会如潮水般汹涌而出。欲壑难填是许多寓言惯用的母题，如日本奇幻剧《世界奇妙物语》中的故事多是此模式。我们以其中一个经典故事《弃物者》来举例。它讲的是一个刚刚大学毕业的女记者常常感慨生活不幸福，某天她遇到了一个和尚，和尚告诉她"执着于欲望是不幸的根源，人世间的不幸与幸运是平衡的。要想获得更多的幸运，就要勇于舍弃那些不重要的东西"。此后，这一"箴言"居然像有魔力一般应验了。女主角丢弃了囤积的破衣服，第二天就在牛排店中了特等奖。她意识到平衡法则可能有效，就开始疯狂丢弃东西来换取幸运。丢弃了心爱的挂件马上就得到了节目特别记者的职位；丢弃了男友送的项链，就获得了意外的出镜机会。就这样，她为了获得事业的成功不断丢东西，以至于把家里丢得空空荡荡。为了能够成为首席主播，她把男友也"丢"了。此时，当红主播是她的前辈，不断指导她。而女主角为了继续上位，把当红主播推下楼，"丢"掉了她。故事的最后，女主角为了保持自己的收视率，维持幸运，已经无物可丢，便从大楼一跃而下，"丢"掉了自己。在这个故事中，一切源于那句"丢东西换来幸运"的魔咒，从丢衣服到丢弃家人再到谋杀，最后迷失自我，是一个滚雪球式的不断激化的冲突。推动这个悲剧的最大力量是女记者内心的欲望，她为了获得所谓的成功，不惜丢弃一切原则、底线、亲情、爱情，最终也丢弃了自己。

从类型溯源看，这一类故事最早见于佛教的公案故事，后来逐渐成为寓言惯用的模式。其设计通常分为四步：

第一步，找到一个人性的弱点，比如贪婪的欲望——口舌之欲、身体之欲、虚荣之欲、物欲等。

第二步，设计一个具有象征意义的宝物，或一个伪装成智者的"魔鬼"，或某种奇遇和好运来作为诱饵，激发这种欲望，如漫画《养盒子》中的盒子、奇幻剧《噩梦老师》中的各种神奇物品、漫画《死亡笔记》中的笔记本等。

第三步，让欲望不断强化，使人性的弱点和丑陋之处彰显出来，由蚕食到鲸吞，直到人物被欲望所吞噬。

最后一步，人物陷入失控的挣扎中，幡然醒悟，以毁灭的悲剧方式或者主人公改过自新的大团圆方式结尾。

（二）星火燎原式

人性的弱点除了贪婪，还有盲从、自私等，这些弱点往往是由一件小事而暴露出来的，这就是星火燎原式的冲突方式。主人公起初遭遇了一件小事，结果引发了不可控制的悲剧。

这类的案例可以参考陈凯歌的电影《搜索》，改编自文雨的同名网络小说。它讲的是女白领叶蓝秋在公交车上拒绝给老大爷让座的视频被传播到网络之后，引发了群体"人肉搜索"和"网络舆论暴力"。故事始于一件小事，但最终像星火燎原一样，成为一个社会现象。

更为深刻的是电影《死亡实验》，它改编自美国心理学家菲利普·津巴多领导的斯坦福大学模拟监狱实验。故事一开始，心理学家阐明这只是一个行为学的游戏，二十名健康的志愿者分为两组，一组扮演监狱守卫，一组扮演罪犯。守卫的职责是执行监狱的各种规定，管理好罪犯，不过任何情况下都不能使用暴力；如果发现使用暴力，实验停止，志愿者都拿不到相应的酬劳。起初氛围很好，但紧接着发

213

生了撒尿羞辱等一系列冲突事件，最后实验在暴力和混乱中被迫终止。

因此，在具体写作时，首先要选一个"星星之火"般的小事——一个误会、一个冤情、一个执念、一个小错误等，然后写不同的力量来推动这个火势。不同的人从自己的利益出发，添油加醋，煽风点火。火要越烧越旺，使故事向荒诞悲剧方向发展，直至越来越背离初衷。最后要在结尾反转，把火扑灭，突出其荒诞性背后的反思。

（三）蝴蝶效应式

有时，失控不一定会导致悲剧，也会产生啼笑皆非的喜剧效果，不过往往是黑色幽默式的喜剧。正如亚马孙河的蝴蝶扇动翅膀可能会导致大西洋的一场龙卷风，一个玩笑、一个谎言或一次吹牛都可能引发一场不可收拾的人性闹剧。比如，为了圆一个谎，撒了一百个谎；因为一个巧合，卷入了黑帮犯罪事件（《疯狂的赛车》）。具体来说，意大利电影《完美陌生人》就是这一模式的典范。故事始于一个类似"真心话大冒险"的小游戏。在某夜，男主人洛克和女主人伊娃邀请多年好友五人，大家共进晚餐并观看月食。这时，女主人伊娃提议玩一个游戏：让在座的每个人都在大家的关注下，把自己的手机放在桌子上，每收到一条短信都要公之于众，每个电话都要免提让大家听到。正是这一个看似玩笑的游戏引发了一连串危机，各种人际关系的阴暗面都暴露出来了。这是情景喜剧、小品的惯用套路。而在黑色幽默型的喜剧中，这种失控的冲突之所以产生笑点，是因为虽然雪球会越滚越大，但最后的结果总是不知不觉回到起点，喜剧人物"竹篮打水一场空"或者自食苦果。经由这个反转，故事从荒谬、意外中展现出更深层的寓意，例如邪不压正、人不能贪婪自私等。

动手写吧！——打开潘多拉魔盒

现在，你得到了潘多拉的魔盒，里面藏着许多人性的弱点和阴暗面。身为作家，你需要以想象的方式模拟这些阴暗面被释放以后的世界。以下是三个提示。

提示 1：人性亘古不变的弱点是贪婪、自私、懒惰，许多人禁不住魔鬼的诱惑，出卖了灵魂。你可以从很多民间故事中找到灵感，也可以模仿日本的《世界奇妙物语》，设计一个"欲壑难填式"的冲突故事。

提示 2：人性常见的另一组弱点是盲从、嫉妒、暴怒。尤其是在互联网技术发达的今天，任何一件小事都可能演变为网络暴力、舆情事件。你可以从热点新闻里搜寻灵感，设计一个"星火燎原式"的冲突故事。

提示 3：谎言和玩笑常常会被人忽略。然而一个谎言、一次吹牛、一个玩笑，可能阴差阳错，使闹剧变成悲剧。回想你生活中遇到的那些误会和巧合，可以设计一个"蝴蝶效应式"的冲突故事。

你的冲突故事：

....

....

....

....

经典作家和你一起写

扫码参考第七周范例 03

05 命运抉择：设计两难型冲突

> 如果情节太平淡，就让人物面临两难选择，让其陷入"鱼和熊掌不可兼得"、进退两难、患得患失的情境中。

◎ 创意写作思维模型

让人物做出命运抉择，是另一种常见的冲突设计方法。"两难选择"既是一个哲学悖论，又是一种心理冲突。它的设计原理是将主人公置入一个"二选一"的困境中，无论做出怎样的选择，人物内心都不满意，甚至导向不同的悲剧结果。作家将这种纠结感无限放大，使读者深陷其中，感同身受。在具体创作中，你可以自由选用如下三种"两难思维模型"。

（一）鱼和熊掌不可兼得

在心理学上，这种冲突称为双趋冲突，即让主人公面对两个同样具有吸引力、同样重要的目标，主人公两个都想要，但不可兼得，陷入了难以取舍的困境。

双趋冲突经常出现在言情小说中：女主人公同时面对多个男性的追求，陷入了甜蜜的纠结之中，她要从中选出最欣赏、最默契的一个作为最佳伴侣。当然，这个选择没有对错之分，在爱情故事中，最爱的人不一定会走向婚姻，相比"有情人终成眷属"，"遗憾"和"错过"也是言情小说的母题。男主人公也是如此，韩剧里，"高富帅"的男主人公，往往会在父母选定的门当户对富家女和意外邂逅的可爱灰姑娘之间做出选择。在经历一番对抗、误解、纠缠之后，男主人公完成了爱情童话。而在婚姻小说中，这种纠结主要源于道德伦理的压力，如婚外恋的主人公要在合法配偶和越轨情人之间做出抉择。无论是回归还是出走，主人公都经历了漫长的煎熬、权衡和拷问。经过两难选择的冲突，我们得以更加深刻地理解爱情和婚姻。

更多的时候，双趋冲突是一种人生观和价值观的考量。一生短暂，只能追求自己认为最重要的事。毛姆在《月亮和六便士》中写了一个证券交易所的经纪人，他可以选择继续追求财富，成为一个更成功的企业家；但他"在满地六便士里，抬头看到了月亮"，转而将余生投入绘画艺术中去。现实与理想的权衡，往往是成长小说的母题。香港警匪片里常会出现另一种两难困境：一个普通的警察领着不多的薪水，他既想要主持正义，为百姓带来安全感，但同时又想赚更多的钱来给家人带来更好的生活。由于时间和精力有限，他不可能既执行任务，又去赚外快。于是，身为警察的职业道德感与身为家人的家庭责任感之间发生了冲突，特别是犯罪团伙拿金钱来诱惑他时。他的伟大就在于"舍私利而成大义"。与之类似的是，都市小说中，作为职业女性的主人公，总是面临事业和家庭的两难困境，是要继续发展事业，还是回归家庭？这当然是社会性别议题的缩影。

（二）进退两难的绝境

在心理学上，这种冲突称为双避冲突，即主人公遇到的两个事物都是危险的、应极力避免的，但必须选择一个，因此左右两难。

例如，在战争和灾难故事中，主人公往往面临着"只能保全一个"的心理冲突。威廉·斯泰伦的著名小说《苏菲的选择》里，苏菲面临纳粹长官的死亡威胁，她必须在两个孩子中选择一个来保全，另一个立即送往毒气室。她经历了左右为难的心理冲突后，选择留下儿子简，而把可怜的女儿伊娃交出去了。同样的桥段，在张翎的小说《余震》（2010 年被改编为电影《唐山大地震》）中再次出现，地震中，两个孩子方登和方达被同一块楼板压在两边，母亲李元妮只能选择救其中一个，放弃另一个。母亲在纠结中选择了救弟弟方达。当然，与《苏菲的选择》的残酷不同，姐姐方登并没有死，而是奇迹般生还，被解放军收养。32 年后，姐弟和母亲团聚，但是这一命运的两难选择留下的创伤却很难弥合。

双避冲突的另一个表现是让人物在糟糕的状况中博弈，最终做出令人惊愕的壮举。比如《三国演义》第五十回《诸葛亮智算华容 关云长义释曹操》，曹操赤壁一战大败，只剩下三百余残兵败骑仓皇而逃，逃到唯一的小路华容道时，遭遇早已安插好的关羽的埋伏。关羽横刀立马，曹操进退两难。此时，曹操为免一死，只能赌一把，重提旧日恩情。关羽遭遇了深刻的心理冲突：如果放了他，自己违背了军令状，回去无法向刘备和诸葛亮交代；如果不放他，又对不起自己的良心，落一个不讲义气、不顾恩情的恶名。最终，两者权衡，他选择了放曹操。类似的还有著名的元杂剧《赵氏孤儿》。程婴作为一个民间医生，在面对屠岸贾的屠杀绝境时，居然将自己的孩子与赵氏的遗孤调包，牺牲自己的孩子，保全赵氏血脉。舍生取义也好，舍己为人也好，这都是一般人做不出的壮举，因而极富戏剧张力。

（三）患得患失的难题

这是最复杂的一种心理冲突，是双避冲突与双趋冲突的结合，即主人公面对的两个选择各有利弊，各自包含自己渴望的成分，又包含不喜欢的部分，难以取舍。

让人们患得患失的根本原因，是因为只能选一次。一旦做出选择，就会产生不可逆的结果，不能后悔，也无法验证。最典型的例子如电影《黑客帝国》。你是要选择红色药丸，还是蓝色药丸？选择蓝色药丸，就可以在计算机模拟的美好的虚拟世界里生活下去，吃最美味的牛排，享受无忧无虑的生活，但这一切都只是计算机释放出的信号，是真实的幻觉；选择红色药丸，可以回到真实世界，但那里肮脏而混乱，人们生活在一艘船上，每天吃的是营养液泡饭。你选择什么，就过什么样的人生，但无论做出哪一个选择都有各自的理由，这就像是著名的"缸中之脑"的思想实验。

患得患失的另一种表现就是，人们永远活在一种两难的纠缠中，永远要做选择，但永远举棋不定。正如《围城》里所写的那样，婚姻像一个围城，围城外的人想进去，围城里的人想出去。婚姻中的很多人，都像电影《克莱默夫妇》那样，既深爱着对方，又避免不了争吵，在婚姻中既想获得亲密认同，又想获得自由。

在这个过程中，我们看到了生活的本真：也许选择什么不重要，重要的是，你要尊重你的选择。

动手写吧！——两难选择写作练习

在你的人生中，曾面临过哪些两难选择？比如，是选择父母规定的专业，还是自己喜欢的专业？是选择留在故乡生活，还是去探索诗和远方？是选择追求梦想，还是找一份安稳的工作？是选择事业至上，还是家庭为重？是选择坚守理想主义的爱情，还是回归柴米油盐的婚姻？……

你对你当初的决定满意吗？你会因一次冲动的分手而忧伤吗？你会因一次疯狂的叛逆而后悔吗？你会因一次无可挽回的错过而自责吗？

如果有一个重新选择的机会，你会有所改变吗？现在，请写下让你印象最深刻的一次"人生选择"，想象你又回到了做抉择的瞬间，详细地写出你内心左右为难、患得患失的冲突过程，并写下你的答案，以及可能会引发的后续故事。你可以自由选择第一人称或第三人称。

💡 我面临的两难选择：..

....

....

....

....

经典作家和你一起写

扫码参考第七周范例 04

06 反讽脑洞：设计错位型冲突

运用错位的方法，能够产生反讽式的冲突感。常见类型有性别错位、身份错位、时空错位、真假错位四种。

◎ 创意写作思维模型

一个反讽式的奇思妙想，也能引发冲突的效果。这类冲突常见于喜剧、寓言类故事。反讽，顾名思义，就是用反语来表达讽刺的效果。这个词最早源于希腊语，指的是戏剧中的一种丑角，这种角色常说傻话，后来却证明这傻话句句是真理，犹如箴言。要达到反讽效果，一般会采取的手法是错位，即以反常的、颠倒的方式，来达到令人震撼、惊奇的效果。这种冲突方法称为错位型冲突，可以分为如下四种类型。

（一）性别错位

男扮女装或者女扮男装是古代戏曲中的惯用手法，《梁山伯与祝英台》就是极好的例子。除了变装型性别错位，还有一种更大胆的手法：身体互换（body-swapping）。男女在互换身体后，得以从异性的目光看待世界，并由此引出令人啼笑皆非的冲突事件。最早的男女变身电影应该是加拿大电影《女男变错身》，它讲述的是高中橄榄球校队运动员伍迪和邻家女学霸妮儿在一次争吵过后，发现彼此互换了身体。伍迪在床上醒来惊讶地看到自己变成了妮儿，住在整洁的满是书的粉红房间里。他起初不适应，后来又开始利用女生身体搞怪。但他最担心的是即将到来的橄榄球赛，如果让一个女生带着自己的身体上阵，铁定要失去申请奖学金的机会。与之相对的，妮儿醒来发现自己变成男生，躺在伍迪那个脏乱不堪的房间，心中各种嫌恶。当男生可以骑车上学，可以更放得开，但是再过一周就是耶鲁大学的入学面试，她如果不回自己的身体就会前途尽毁。最后两人由相互讨厌变成通力合作，擦出了爱的火花。电影《互换青春》、韩剧《秘密花园》、动画电影《你的名字》都是性别错位这一创意的生发。相比于以上这些爱情故事，法国先锋电影《女儿国的杰基》可谓在主题上更胜一筹，它描述的是整个社会的性别错位。在虚构的布本人民共和国里，男女地位是倒错的，女性是至高无上的统治者，男性则是服从者。该电影以极度反讽的手法来反思现在的男权社会，令人耳目一新。

（二）身份错位

如果说身体交换只是人物外在的错位，那么身份转换则是内在的错位。所谓身份转换是指人物暂时脱离自己的原有身份，获得了截然不同的新身份，进而引发了人物关系的改变，带来一种反讽的冲突效果。如果正邪两立的双方互换了身份会怎样？这在电影《变脸》中体现得淋漓尽致。在《变脸》中，警察为套出毒枭的犯罪线索，与他换了张脸。毒枭将计就计，把知情人杀害，摇身一变成为警察。阴差阳错，毒枭变警察，警察成了毒枭。法国艺术电影《火车上的男人》也是类似的创意，讲述的是两个陌生男人都厌倦了自己的人生，而对"他者"的生活充满期待。一个生活稳定而乏味的教师与一个居无定所朝不保夕的劫匪，如果两人互换了身份会怎么样？会发现不一样的人生吗？身份错位往往表现出一种地位的明显上升或下降，带来巴赫金所说的狂欢效果。

（三）时空错位

人物来到了完全陌生的时空，自己原有的经验和认知与新环境格格不入，也会引发错位的冲突。一般而言，可以采取时空穿越、梦境的方式来展现。古代人穿越到现代，会对现代化的技术产生不适应和惊诧感。例如，法国电影《时空急转弯》描述了中世纪的戈德弗鲁瓦骑士和他的侍从拉弗里普伊两人因巫师的失误由公元1122年穿越到了现代。他们被电话、汽车、洗澡间等现代化的设施弄得惊讶不已，而他们保留的风俗仪式在现代完全派不上用场，从而演出一系列笑话。相反，现代人穿越到古代，则是带着已经知晓的历史事实经验、现代文明意识和科技能力去一个前文明社会，从而彰显了社会进化论的优势，本质上是一种作弊。现代人到古代，先是手足无措，而后利用这种时空错位的智力剪刀差，完成逆袭。男主人公穿越到古代，取得权力和事业的成功，代表有《寻秦记》《新宋》《唐朝好男人》等小说；女主人公回到古代与皇帝、王爷谈一场恋爱，例如《穿越时空的爱恋》《步步惊心》等电视剧。有时，穿越也可以不凭借时光机器，而直接在梦中完成，例如汤显祖的"临川四梦"、开心麻花的电影《夏洛特烦恼》。

（四）真假错位

把真的当成假的，假的当成真的，是常见的一种喜剧创作手法。真假难辨，可见于欺骗或误会相关的故事。莎士比亚的《李尔王》中，李尔王不相信小女儿的真话，却相信大女儿、二女儿的假话，由此造成悲剧。《西游记》第五十七回中，六耳猕猴不仅变作孙悟空模样，甚至还要把小妖变成唐僧、八戒等人，组一支假的取经队伍。类似的情节也出现在《水浒传》第四十二回，李鬼冒充李逵抢劫，却抢上了真李逵。还有一种惯用手法，是两个长得极相似的人被人认错，由误会产生冲突，这也是一种真假错位。例如，马克·吐温写过一个童话《王子与乞丐》，后被改编成动画片《芭比之真假公主》：安丽丝公主与贫穷的乡村女孩爱丽卡虽身份悬殊，外表却长得一模一样。安娜丽丝公主遭邪恶的伯爵绑架，爱丽卡刚巧路过，挺身相救。英俊的邻国国王多明尼克误将爱丽卡当作安娜丽丝，对爱丽卡一见倾心，后来安娜丽丝与爱丽卡相见，相互帮助。此外，像电影《疯狂的石头》中，真翡翠、假翡翠连续被调包，出现多次真假错位的情节，可见这种冲突设计模式非常有效。

 ### 动手写吧！——角色扮演写作练习

如果你可以和世界上任何一个人互换身份一天，你最想要体验谁的生活？你可以选择和异性互换身体，写性别错位型的冲突；你可以选择与你职业相差悬殊的人互换身份，写身份错位型的冲突；你也可以选择穿越到过去或未来，在你想象的任何人身上重生，写时空错位型冲突；当然，你也可以设计一个和你长相完全一致的双胞胎兄弟姐妹，写一个寻找真我的真假错位型冲突。

天啊！我居然……

经典作家和你一起写

扫码参考第七周范例 05

第七周 创意阅读：5 部经典作品中的冲突故事

那些经典作品是如何讲述令人印象深刻的冲突故事的？如下我们为你精心挑选了 5 部作品范例，既有电影，也有小说，涵盖了推理、惊悚、言情等各种类型故事。通过对这些作品的创意拆解，你可以更加自如地运用冲突设计技巧。这些范例和写作练习是匹配的，你可以理解为经典作家和你一起写。同时，你也可以把它们作为延伸阅读书目的导读材料，用于故事创意写作工坊教学。

第七周创意阅读作品索引：

1.［美］斯蒂芬·金：《第四解剖室》（美国国家图书奖获奖作家作品）

2.［英］阿加莎·克里斯蒂：《捕鼠器》（"推理小说女王"作品）

3.［哥伦比亚］马尔克斯：《我只想来这儿打电话》（诺贝尔文学奖获奖作家作品）

4. 张爱玲：《红玫瑰与白玫瑰》（台湾电影金马奖获奖影片原著，第三周创意阅读已提及）

5. 电影《傀儡人生》（奥斯卡金像奖提名影片）

第八周

结构：绘制故事地图

好的故事，总有诗意：言有尽，而意无穷。

01 情节心电图：绘制故事情绪曲线

> 故事要一波三折，主人公的情绪要大起大落，才能让读者有代入感。常见的故事情绪曲线有上升型、下降型、"V"字型、倒"V"字型、斜"N"字型、倒"N"字型。
>
> 每一幕以好消息开头，就以坏消息结尾。

◎ 创意写作思维模型

亚里士多德在《诗学》中提出了"三段式"的故事结构：开端、发展、结局。好的故事还会在结局前设计一个反转。19世纪德国戏剧理论家弗兰泰格对亚里士多德的理论进行了发展，他站在冲突张力的角度，认为一个好的故事表现为明显的上升和下降相组合的"三角形"结构。中国古代戏曲理论中，也有类似的"起承转合、一波三折"的设计方法。例如，金圣叹评点《西厢记》，就将十六折（幕）情节按照起承转合的结构划分为九个阶段。

　　然而，在实际的故事写作中，结构的变化更加复杂微妙。例如，故事开端时，有的主人公是从好运到厄运，有的则是从倒霉到遇到好事；在故事发展阶段，主人公的情绪也可能会出现多次波动。因此，好莱坞的编剧一般会设计专门的"情绪曲线结构图"，精确到每一幕来标识主人公情绪的变化，同时也可以预设观众的观影反应。

　　情绪曲线如何设计呢？首先，我们要画一个坐标轴：横轴代表时间线，也就是故事从开始到结束的整个时间段，为了精确，你可以按照章节、幕、集，甚至每个桥段，细分出刻度；然后再画一个竖轴，代表情绪的正向和负向，或者处境的好坏。竖轴和横轴交叉处为0，即不好不坏。竖轴上部代表正向的、上升的情绪，下部代表负向的、下降的情绪。第三步，根据横轴的时间刻度，精确地标出主人公的情绪点，然后连成弧线。美国作家冯内古特就经常使用类似方法，他还提出了两种最经典的情绪曲线："男人掉进洞里，男人跳出洞里"和"男孩遇到女孩，男孩失去女孩，男孩得到女孩"。前一种曲线中，男人一开始处境就是糟糕的，故事开场他就掉进洞里了，所以一开始就是负面情绪。然后他可能会恐惧、悲伤、绝望，情绪继续下降，这时，有人来救他，情绪上升，回到了刚开始的情绪状态。然后他开始努力攀爬，越来越自信，情绪不断上升，最后跳出洞，得救了。整个曲线就像一个圆润的耐克标志——"下降，下降，然后上升"，又称为低开高走模式。后一种曲线中，男孩开局就遇到了喜欢的女孩，所以情绪是高涨的，和女孩约会，越来越开心，直到表白，情绪上升到了顶点。这时，因为误会、阻碍或其他矛盾，男孩失去女孩，情绪骤降，降到了0以下。最后，男孩重振精神，慢慢又追回女孩，情绪上升，升到比表白的激动更丰富的幸福维度，故事圆满结束。在这个故事中，情绪曲线是"上升，上升，下降，上升"，是一个斜着的"N"字型。

主角的情绪曲线和读者的情绪曲线、故事的节奏是呼应的。读者和观众在欣赏一个作品时，会本能地代入人物（一般是主角），他们的情绪随主人公的情绪起伏而起伏。主人公遇到好事，心情愉快，读者也愉快；主人公被欺负，处处碰壁，心灰意冷，读者也会感到失落。情绪曲线可以解释大多数网文的写作套路，比如"扮猪吃老虎""先弱后强"，都是先下降到谷底再触底反弹，使人产生一种酣畅的爽感。

美国好莱坞电影公司和畅销书作家团队与人工智能研究者合作，根据读者的情感反应习惯和接受心理学，对标几千部成功的经典作品，总结出了如下 6 种最受读者欢迎的情绪曲线模式。

1. 上升型：主角情感一直为喜。这种曲线常见于喜剧，或者赞颂英雄的故事中。主人公一直交好运，或者表面倒霉，但是以幸运的、幽默的方式解决矛盾，比如卓别林的电影、"憨豆先生系列"等。

2. 下降型：主角情感一直为悲。这种曲线常见于悲剧，比如惊悚片和一些基调阴郁悲伤的文艺片中。主人公身处死亡危机中，他一直试图逃出生天，却一直失败，最后走向崩溃的边缘。或者主人公困在一个糟糕的社会、一段糟糕的关系、一种宿命般的绝症中无法自拔，他的处境越来越差，最后走向毁灭。这类曲线比较难驾驭，因为你需要让读者一直处在紧张、恐惧和绝望中。

3. "V"字型：主角情感先悲后喜，开局处境不错，但是不断遇到麻烦，情绪跌入谷底，再慢慢上升。这种曲线常见于励志、成长类故事，比如电影《肖申克的救赎》。许多武侠故事、英雄故事也是如此，主角遭人陷害跌入深渊，本来是在死亡边缘，却意外遇到高人拯救，还修习了"绝世武功"，最后重出江湖，复仇并证明自我。

4. 倒"V"字型：又名伊卡洛斯式，主角情感先悲后喜再悲，像伊卡洛斯一样飞升，然后坠落。这种曲线常见于悲情浪漫故事，先上升，享受爱的幻觉，然后下降，承受失去爱的痛苦。倒"V"字型可以很缓和，缓慢上升，缓慢下降；也可以很尖锐，骤升骤降，就像过山车一样，让主人公和读者的情绪跌宕起伏。

5. 斜"N"字型：又名辛迪瑞拉式，像灰姑娘辛迪瑞拉一样，主角情感先喜，然后悲，最后喜。这也是冯内古特非常推崇的爱情故事曲线，其结局是上升的大团圆式结局。这种曲线也适用于励志故事：上升到巅峰，再下降到谷底，最后东山再起。在具体写作中，斜"N"字型的线条可以有所变化，比如短暂上升，急速、持续地下降，下降到最低点，再微微上升。张爱玲的《红玫瑰与白玫瑰》的情绪曲线就是这样的：振保和娇蕊热恋，上升到顶点，分手时开始下降，然后娶了烟鹂，婚后的生活浑浑噩噩，困顿颓废，一直到结尾处才有所反省，决定好好过日子。也可以把最后的上升设计得非常高调、绚烂，如建立丰功伟绩，常见于历史英雄叙事中。当然，你也可以再加一笔反转，将斜"N"字型变成"M"字型，即"上升—下降—上升—下降"。

6. 倒"N"字型：又名俄狄浦斯式，主角情感先悲，然后喜，最后悲。主角登场时就身处厄运或平淡生活中，然后越来越糟糕，跌到谷底时反弹，以为有了起色，上升到了较好的处境，最后发现这是一场骗局，希望落空，以悲剧收场。这类故事的结局是悲伤、绝望的，适用于悲情英雄故事，也适用于爱情悲剧。当然，你也可以再加一个上升动作，将倒"N"字型的悲剧模式调整为"W"字型，即"下降—上升—下降—上升"。

在长篇小说、电影中，情绪曲线的变化更加密集，一般来说，会呈现不断的"上升—下降"的情绪波动。因此，你需要刻意设计情绪曲线。先设计好整个故事开端和结局的情绪点，开端是定基调，以好运还是厄运开端，上升还是下降；结局是强调主题，是升华还是毁灭，是喜剧还是悲剧；然后再设计中间部分。为了让其跌宕起伏，可以记住一个口诀："每一幕以好消息开头，就以坏消息结尾。"

 动手写吧！——诊断故事情绪曲线

现在，像好莱坞剧本医生一样认真阅读你的故事，你的情绪反应就是听诊器。拿出一张白纸，画出你的故事情绪曲线，按照每个情节点标注出相应的情绪反应，是正向、负向还是中性。画完后，看一看你的故事曲线是什么形状。它足够跌宕起伏吗？某些场景是否节奏变化太快？某些场景是否太过无聊？主人公的情绪变化是否合理？据此，出具一份诊断报告，然后开出药方，进行修改。

如果你不放心，可以把你的故事给你的朋友读一读，观察他们的表情变化——读到哪些部分时明显关切，读到哪些部分又变得不耐烦。

最后，修改好的故事曲线，要保证整体上至少有两次下降、两次上升；过程中，读者能够持续关注，并且感到合乎情理。

该你啦！动手写吧！

故事情绪曲线诊断报告	修改处方

02 英雄之旅：好莱坞故事的情节秘方

你可以借鉴英雄之旅的十二阶段设计故事结构：让主人公离开平庸的正常世界，踏上冒险之旅，经历三次磨难、两次重生，最终带着宝物和内心的成长回归。

◎ 创意写作思维模型

据说，好莱坞的编剧们床头一定会放两本书，一本是编剧教父麦基的《故事》，另一本便是神话原型学家沃格勒的《作家之旅》。该书中，沃格勒继承并深化了荣格学说，以古希腊罗马神话体系为参照，设计了一个英雄之旅（The Hero's Journey）的故事结构模型，几乎所有的好莱坞类型电影和美剧都在使用这一模型设计情节脉络，当然，网文或长篇小说也可以借鉴。

在书中，沃格勒写道："年轻的英雄、智者、变形者和阴险的反派——这些全世界的神话里反复出现的角色，和我们的梦与幻想中出现的人物别无二致。这就是为什么神话，还有大多数以神话为模板而建构的故事都具有心理上的真实感，也可以解释好故事超越文化、超越地域的普世力量。因为这些故事就是人类头脑工作方式的真实写照，是人类心灵深层模式的投射。"[1] 英雄角色是原型，他们的行动方式也是一种原型，即情节模式。故事，就是一段英雄的旅程。英雄们离开舒适、庸常的地方（第一世界）去往危险、充满挑战的远方（第二世界）冒险。这种旅程可以由两种方式呈现。[2]

外部旅程：去往一个明确的异空间，如迷宫、洞穴、魔法森林、陌生的城市或国度。这个异空间通常是英雄和反派角力的舞台。最具代表性的例子就是公路电影、骑士小说、冒险小说、穿越小说。

内部旅程：英雄在内心世界经历了一场旅行。在心灵之旅中，他的人生从绝望到充满希望，从一团糟到大圆满；他的缺点成为优点，或者他克服了弱点，获得了成功。他由自私到懂得爱，由痴迷到醒悟，他的性格、心理状态、价值观、与他人的关系、看待世界的眼光等都发生了改变。

在《作家之旅》一书中，英雄之旅的情节结构表现为三个部分（三幕）、十二个阶段。[3] 每个阶段的创作方法如下。

第1阶段：正常世界。故事开篇，主人公登场，他生活在一个规律的、乏味的，甚至一团糟的世界里。如果他不去冒险，就会一直以这种状态生活下去，所以，沃格勒认为，几乎所有故事都始于"离水之鱼"的讲述模式：故事中的英雄被迫或主动脱离正常世界，踏上旅途，进入崭新而陌生的世界。例如，堂吉诃德厌倦甚至反感

---

①②③　［美］克里斯托弗·沃格勒：《作家之旅：源自神话的写作要义》（第三版），王翀译，电子工业出版社 2011 年版。

穷乡僻壤的平淡生活，《绿野仙踪》里的多萝西、《爱丽丝梦游仙境》中的爱丽丝、《星球大战》里的卢克·天行者、《功夫熊猫》里的熊猫一开始都"困"在乏味的日常世界里，然后他们远行、被风吹走、掉进兔子洞、进入宇宙、参加神龙大侠的比赛和训练，踏上了冒险的旅程。

第2阶段：冒险召唤。它有很多别称，黑格尔称之为打破平衡的冲突，罗伯特·麦基称之为激励事件，布莱克·斯奈德称之为催化剂。冒险召唤给英雄提出了不得不解决的难题，制造了不得不面对的困境，推动并激发英雄向前走。冒险召唤可以分为四种类型：让危险降临（天灾、怪物、战争、意外、疾病等），让主人公领受不可拒绝的艰难任务（拯救的任务、职业相关的任务、逃离厄运的任务、欲望和梦想、责任与使命），让主人公完成成长仪式（获得爱情、寻找自我、走出低谷），让主人公主动设立冒险目标（夺宝、荣誉、权力的诱惑）。冒险召唤可以通过他人来传达，也可以借助情境压力自然地表现。

第3阶段：拒斥召唤。拒斥召唤的阶段时间可以很短，它是一个微妙的过渡期。可以表现为两种方式：第一种，主人公内心的犹豫——因为突然被召唤，主人公还没做好准备，对所要冒的风险是否值得以及未知世界是否安全都抱有怀疑，也可能是主人公仍沉湎于上一段感情经历的创伤中，需要时间来恢复；第二种，他人的负面暗示营造拒斥氛围。主人公很想去冒险，但身边的所有人都在进行负面暗示，试图阻挠。例如，《功夫熊猫》里的养父鸭子总是说熊猫不是大侠那块料，就该乖乖做面条；《疯狂动物城》里朱迪的父母不断告诉朱迪，一只兔子就应该安心地种胡萝卜，而不是考什么警校。

第4阶段：面见导师。打消冒险疑虑的唯一方法，就是主人公要去面见导师，学习冒险需要的能力。最常见的是馈赠礼物的专业导师，他们将自己的经验、知识、技能倾囊相授给主人公，助他一臂之力，例如《西游记》中教会孙悟空七十二变的菩提祖师。除此之外还有精神导师，为主人公带来疗愈、激励的力量或新的世界观，就像《星球大战》里年长的巫师。也有一种对抗型的导师，他同时是反派，以激烈残酷的方式让主人公成长，比如《爆裂鼓手》中的乐队魔鬼老师弗兰彻。当然，并非所有的导师都是正向的，也可以设置负面导师激发主人公的阴暗面，引诱主人公毁灭，这是悲剧、暗黑童话的常用手法，例如《浮士德》里的魔鬼。最完美的导师类型是双向导师，这类导师以陪伴的方式，和主人公相互成全，比如《摔跤吧！爸爸》中的"爸爸"。

第5阶段：越过第一道边界。在这一阶段，英雄义无反顾地正式上路，他克服了犹豫和怀疑（拒斥召唤），学到了一些本领（面见导师），终于开始了冒险旅程。这个环节通常节奏会减缓，会出现一些象征仪式，类似于原始社会的成人礼、过渡仪式。最常见的方式是，主人公开始换装，备好行头，大步走出。电影《唐人街探案》系列里，正式结盟的唐仁和秦风都有一个打破服装店玻璃，换上标志性行头——风衣的动作。除此之外，经常采取的仪式是离别，如英雄亲吻睡梦中的妻子和孩子，和亲友做了约定，开始冒险。

第6阶段：试炼之路。这一阶段在坎贝尔的《千面英雄》中被称为"穿过鲸鱼肚"。从这里开始进入第二幕，英雄会面临重重考验，也会结识新的伙伴，敌人与反派一一出现。这一阶段，最好设计一些重大赛事（如武林大会）或者固定的酒吧、客栈等公共空间，便于英雄认识朋友，也便于反派出现跟读者见面。想想《银河护卫队》《复仇者联盟》中的结盟环节，以及武侠小说中，英雄们总是在驿站里探听消息、认识朋友或遭遇埋伏。

第 7 阶段：接近最深的洞穴。这一阶段的危险加剧。英雄来到了险境的边缘，他和团队做了谋划，要和反派第二次交手，但是失败了；或者事态在不断恶化，例如连环杀人案不断发生；或者英雄被囚禁了，他的冒险陷入困境。这一阶段中，英雄的处境要越来越糟糕。对探险故事来说，最深的洞穴可能是藏宝之地；对爱情故事来说，接近最深的洞穴意味着正面面对情敌，或正式主动地求爱。

第 8 阶段：经历磨难。这是最黑暗的时刻，但还不是最高潮的阶段。英雄进入了最深的洞穴，但是遭遇了彻底的毁灭。他跌入谷底，被逼向生死边缘。通常的表现是：他的伙伴为他牺牲或殉难，他被剥夺得一无所有，似乎已经没有了反抗之力。在武侠故事中，英雄可能被逼到了悬崖边上，或者一群人围攻他，而他身受重伤。在怪兽片中，事态已经无法控制，异形或怪兽已经肆虐，甚至捣毁了指挥部。在爱情故事里，男女双方开始冷战甚至分手，或者因为严重的误会心生怨恨。这一阶段就像是过山车最恐怖的下降环节，主人公可能会经历象征性的或真正的死亡。

第 9 阶段：获得报酬。在这一阶段，英雄在外力帮助下或者凭借自我的智慧和意志，获得了重生。节奏稍微放缓，他经历了涅槃，能力提升，觉悟升华，从困境中逃脱出来。在神话中，英雄获得了宝剑或者灵药之类的报酬。这些报酬在侦探故事中可能是获得了关键的重大线索，在武侠故事中可能是突然"打通了任督二脉"，在爱情故事中可能是男女主人公解除误会，幡然醒悟。

第10阶段：返回的路。在传统的神话里，这一阶段是指英雄获得了报酬，结束了旅程，但是在回家途中遭遇反派追击，又一次经受考验。例如《西游记》的最后一难，恰是在取得真经返回的路上，经书被老龟故意掀翻到通天河里。

第11阶段：英雄复活。这是故事的高潮阶段，是第二次重生。英雄要获得真正的成长，必须经历两次重生。在该阶段，英雄和反派展开了决斗，一切恩怨情仇、一切伏笔和真相都要在这里解开。这一阶段称为卡塔西斯，是极致的宣泄，是复仇，是最后一击。在爱情故事中可能表现为男主人公突然返回婚礼现场，把即将完婚的女主人公拉回来；或者女主人公突然悔婚，从婚礼现场狂奔而出。在警匪片中，主人公为了正义会和歹徒战斗到最后一刻，常常是以奄奄一息中的补刀来完成绝杀。

第12阶段：携万能药回归。这是故事的结局，主人公结束了旅程，回到了正常世界，一切回归风平浪静。这里的关键是"万能药"，分为内在和外在两种形式。

（1）外在的万能药：具体的珍贵的宝物。例如，财富、地位（升官）、权力、荣誉（嘉奖）、和平（环境）、女人（爱人）、神奇的宝物（魔戒等）。

（2）内在的万能药：抽象的内心的成长。例如，改变了的价值观和世界观，包括责任感、勇气、意志力、爱情（利他）、牺牲精神、爱国精神、正义感。

动手写吧！——设计你的专属英雄之旅

现在，拿出一张白纸和一支画笔，先把沃格勒的"英雄之旅"模式画下来，然后对标你正在创作或想要创作的故事类型进行改良。是的，英雄之旅不是僵硬的公式，而是一组源代码，你可以调整，在此基础上设计出你专属的英雄之旅结构图。

如果你要写的是侦探故事：请将旅程的每一阶段细化，侦探故事的冒险召唤就是出现受害者，而导师则可能是提供线索的人，或者拥有特殊技能的人……

如果你要写的是爱情故事：请注意，男女主人公的关系是旅程的重点。误会、猜疑、情敌得手等波折就是对"磨难"的细化，"携万能药回归"可以视为婚礼仪式……

如果你要写的是喜剧故事：喜剧中有很多巧合、欺骗和反转，请让你的主人公一直在坐情绪的过山车，阶段设计要更加大开大合……

该你啦！动手写吧！

你的专属英雄之旅设计：

经典作家和你一起写

扫码参考第八周范例01

03 非线性结构：像玩游戏一样玩转故事

你可以像玩游戏一样玩转故事，采取非线性结构写故事。常用结构类型有：单一主角重演或多视角重演的钟摆结构、两条线或三条线叙述的平行结构、蛛网迷宫结构。

◎ 创意写作思维模型

主流的故事结构是线性结构，也就是单一主人公实现单一目标的旅程结构，有着清晰的脉络，有一条明显的起伏波动的故事情绪曲线。当然，你也可以在一定程度上颠覆它，探索更好玩更新奇的非线性结构。非线性结构就是切断单线叙事的因果联系，呈现出平行的、多线的、回旋重复的样貌，许多受到后现代主义思潮影响的作家、编剧都曾实验过这种方法。你可以像玩游戏一样玩转故事，保存剧情进度条，开启多条剧情线，不断重演游戏场景，设计多个结局。

最常用的非线性结构有钟摆结构、平行结构、蛛网迷宫结构三种。

（一）钟摆结构

钟摆来回摆动，是一个象征重复的意象。任何的重复都会带来一种喜剧效果。重复不一定会好笑，但它一定有特别的意味，因为在重复中，读者和观众的注意力被持续调动。钟摆结构的本质就是重演，可以分为单一主角型重演和多视角型重演两种类型。

（1）单一主角型重演。主人公被困在一个无限循环的任务里，他不得不在同一空间里不断重演同一行为过程，从而获得真相。这种类型的故事也被称为"无限流"。如果用情节结构图表示的话，主人公就像是一颗悬挂的钢珠，在同一条时空线上来回摆动，每一次的摆动相比上一次又有所不同，最终主人公发现真相，摆动停止。最典型的案例是电影《罗拉快跑》：罗拉要在 20 分钟内弄到 10 万马克救男友，她每一次奔跑都会遇到相同的路人、经过相同的地点，但是她的不同选择和处理方式导致了三种不同的结局。在电影中，罗拉奔跑了三次，前两次都以失败告终，最后一次成功凑到钱，并救出男友。三次奔跑，故事情节在微妙改变中不断重述。类似的还有电影《土拨鼠之日》，记者菲尔被困在 2 月 2 日，不断重复这一天，直到他领悟到如何正确处理与他人的关系并改变自己的态度，他才从循环中走出。其他类似电影如《恐怖游轮》讲述的是恐怖版的《罗拉快跑》，《明日边缘》则是科幻版的《土拨鼠之日》。

（2）多视角型重演。又称为 POV 视点法，即事件相关的每个人物都用自己的视角将故事重述一遍，以便还原出最接近真相的现实，当然也可能没有真相。最典型的例子是黑泽明导演的电影《罗生门》，其改编自作家芥川龙之介的短篇小说《竹林中》和《罗生门》。电影的背景取自《罗生门》，情节则主要取自《竹林中》。电影通过人物的多重视角，还原了一起发生在 12 世纪日本的杀人案。武士金泽武弘被人杀害在丛林中，在纠察使署，被指控的杀人犯多襄丸，作为证人的樵夫、差役、行脚僧、老妪，死者的妻子真砂，由女巫通灵引来的死者冤魂，都从自己的视角，从自身的利益出发，重述了竹林中的案发过程。即使整个案件被重演了 7 遍，但大家仍未获得真相。电影《罗生门》深刻影响了后世的电影叙事，出现了十部左右的翻拍片。此后这种以多视角进行案件重演的故事，也被称为"罗生门式"故事。

（二）平行结构

所谓平行结构，就是作者借鉴电影平行蒙太奇的拍摄手法，讲述了两个或两个以上平行世界的故事，这些故事不是按照线性时间先后发展的，而是通过对比和自由切换达到游戏一样的新奇效果。例如，《西游记》中有三界，故事在天庭、人间、阴间三个世界之间切换，"天上一日，地上一年"，打破了线性时间规律。

在写作时，平行结构的世界不宜过多，一般分为两条线平行结构和三条线平行结构。

（1）两条线平行结构。奇幻、科幻和童话作品经常采取这种结构，让故事在现实和梦境、真实和幻想、人类世界和外星世界之间切换。例如，埃特加·凯雷特的短篇小说《谎言之境》的设定就是在现实世界和谎言之国相互切换，扭动泡泡糖机器就可以穿越进谎言世界，现实中撒的谎在谎言世界中都可以真实应验，因此，两个世界又是对照的，符合因果联系。类似的还有詹姆斯·瑟伯的《沃尔特·米蒂的秘密生活》，小说把现实和白日梦分割成并置的两个画面，让米蒂在现实和白日梦之间穿梭。现实场景是线性连贯的，记录了米蒂开车送老婆去美发、等待老婆和一起离开的整个过程。白日梦的场景则是天马行空的，在路上、医院门口、停车场、商店门口、街角，米蒂的幻想画面都不同，他在白日梦里会根据现实的细节进行夸张联想，幻想出自己不同的精英身份。村上春树的《1Q84》、郝景芳的《北京折叠》也是类似的两个世界结构。

（2）三条线平行结构。超长篇历史、科幻小说经常采取这种结构，故事中划分了不同阵营、国家、族群。《三国演义》中的魏、蜀、吴三国鼎立，相互竞争；《冰与火之歌》中有七大王国；谍战小说中有国民党、日军、汉奸等各个阵营。当然，中短篇小说也可以巧用这种结构。电影《机遇之歌》并没有宏大叙事，也没有写各个利益集团，而是讲述了命运的三种可能：波兰医学生威特克在接到父亲病故的消息后，匆匆赶往火车站去往华沙，当他到达站台时，火车已经开动，他开始追赶火车。影片由威特克是否赶上火车的假设，衍生出三种人生可能。第一条故事线中，他追赶上了那班车，遇到了一位共产党员，受到鼓舞加入了执政党；第二条故事线中，他没有赶上火车，在追车的时候撞倒了警卫，被拘留判刑，恰好和一个政治犯关在一起，受到他的感染，自己成了无政府主义者；第三条故事线中，他没赶上火车，在站台邂逅了一个曾爱恋的女同学，然后结婚生子，当上医生，但最终死于空难。三条故事线又按照同一条时间线统一在一起，呈现出量子力学般的可能性与偶然性。

（三）蛛网迷宫结构

平行结构是多线叙事中比较清晰的一种，在中国古典小说的传统叙事中，有"花开两朵，各表一枝"的说法。如果你想让故事变得更复杂，就可以设计混沌的多线交织叙事结构。这种结构没有清晰的对比，是像蜘蛛网一样纠缠、嵌套在一起的，有些线索讲完就断了，线索之间没有必然的因果联系。如果线索足够破碎、复杂，你的故事就会变成一个迷宫，里面充满了叙述诡计、干扰项。

（1）蛛网结构。昆汀的电影《低俗小说》由五条故事线编织成蛛网，包括"文森特和马沙的妻子""金表""邦妮的处境"三个故事以及序幕和尾声。主线故事是：洛杉矶黑帮大佬马沙派遣手下文森特陪伴他的妻子米娅，米娅不断向文森特献媚但他动也不敢动，不料米娅吸入过量毒品昏迷不醒，吓得文森特手忙脚乱。另外，文森特与朱尔斯又受命铲除异己，从而引出故事多线的发展。每条线引出的故事都呈现出一正一反的对比效果。在"香艳故事"中作为男主角的文森特，其形象是一个保护者，但在"拳击手的故事"中，文森特则变成了一个只露一面便被枪杀在马桶上的小丑。

（2）迷宫结构。博尔赫斯的《交叉小径的花园》表面上采取侦探小说的形式，却借玄学思想讲述了两个杂糅在一起的故事。小说大体讲的是："一战"中，中国博士余准做了德国间谍，遭到英国军官马登的追踪。他躲入汉学家斯蒂芬·艾伯特博士家中，见到了小径分岔的花园。当主人公与汉学博士讨论正投机的时候，他把汉学博士杀了，接着主人公被追杀的人逮捕了，最终的结果是主人公成功地把秘密报告给了他的上级。类似的还有哈里托诺夫的长篇小说《命运线，或米拉舍维奇的小箱子》。

 动手写吧！——游戏故事设计师

你喜欢玩游戏吗？你有没有想过以玩游戏的方式写小说？现在，

请你化身游戏设计师，把你最喜欢的小说改编成游戏。

你可以用钟摆结构改编悬疑小说，让作为受害者或者侦探的主人公重复体验案件，直到发现真相、逃出循环为止；或者让每个亲历者从自己的角度复述故事，写出一个类似在线剧本杀的游戏。

你可以用平行结构改编科幻、奇幻小说，设计不同阵营或不同选择，让主人公在两个或多个世界之间穿梭，或者让他的行动引出不同结局。

你可以用蛛网迷宫结构设计更复杂的独立游戏，为每个人物设计故事线，为人物设计 CP（配对），安插大量 NPC，让不同的路径引出不同的故事。

该你啦！动手写吧！

💡 你的游戏故事：

经典作家和你一起写
扫码参考第八周范例 02

04 **故事宇宙：用拼贴和套盒写故事**

> 尝试运用主题拼贴、主角拼贴和套盒结构创作系列故事，建构你的"故事宇宙"。拼贴结构是一幅毕加索风格的画，套盒结构则是一个套娃。

◎ **创意写作思维模型**

如果你已经能够熟练地创作完整的短篇故事，并且有强烈的写作意图，想进一步通过故事传达你独一无二的人生观和世界观，那么，你可以尝试用拼贴和套盒的方式写故事，建构属于你的"故事宇宙"。这两种方法的共同点是，你需要设定一个清晰的主题。就像策展人设计艺术展那样创作一系列故事，每个故事都是你的藏品，它们看似不相干，但其实都体现了同一个主题。

（一）拼贴结构

拼贴结构，就是像毕加索那样写小说。你可以尝试将不同风格、不同背景、不同人物的故事拼贴进一个大故事里，或者设计一个核心人物，由他串联起系列故事。

（1）**主题拼贴**。拼贴结构打破了因果层递式的线性或圆形结构，依靠相同的哲学主题或者相同的情绪、相同的命运把几个故事缝合在一起，呈现出一种立体画的效果。例如，《水浒传》几乎每一回叙述一个好汉的故事，看似零碎，但这些好汉都有一个共同的结局：逼上梁山。

更经典的案例是电影《党同伐异》。该片1916年上映，在电影诞生时是极其先锋的作品。它创造性地将四段跨度超过2000年的互不关联的故事拼贴在一起，分别是"母与法""耶稣受难""圣巴托洛缪大屠杀""巴比伦的陷落"。这四个故事依靠同一主题——"党同伐异造成的历史悲剧"拼贴起来，选取历史上有代表性的四个瞬间来突出强调"祈求相互理解、相互尊重，和平相处，反对党同伐异"这一主题。而且，这四个故事不是单独展开，而是交替进行，产生出时而平行、时而交错的新奇感。

（2）**主角拼贴**。除了依靠同一主题进行拼贴，也可以依靠同一个主人公。这常见于侦探小说、喜剧故事中。

侦探故事可以依靠同一个侦探主角串联起无数彼此不相关的案件，如《福尔摩斯探案集》《神探狄仁杰》《大侦探波罗》等。《唐人街探案》系列电影也是这样的模式，以世界名侦探排行榜为线索，以唐仁、秦风这对侦探搭档为主角建构起《唐人街探案》系列电影的侦探宇宙。

喜剧也可以依靠段子拼贴来讲故事。首先设定好一个喜剧主人公，比如短剧《万万没想到》每一集的故事类型各异，但都是以"王大锤"为主角串联起来的。这让我们想到了卓别林的喜剧故事。冯小刚的喜剧电影《甲方乙方》则是虚构了一个喜剧团队——好梦一日游公司，以圆梦团队的四个人物来串联起七个故事：书商体验巴顿将军的一天；厨子要改掉嘴不严实的毛病；单身的要体验爱情梦；大男子主义的丈夫要体验受气梦；大款要体验受苦梦；明星要体验平凡人的生活；最后假戏真做，把新婚的房子让出来给患癌症的夫妻享受了团圆梦。此后的《私人订制》可以视为升级版的《甲方乙方》。

（二）套盒结构

拼贴结构是一张画，套盒结构则是一个套娃。套盒又称中国盒子，指故事套故事。最简单的套盒故事是那个哄小孩睡觉的段子："从前有座山，山上有座庙，庙里有个老和尚和小和尚。老和尚对小和尚说，我给你讲个故事。故事是，从前有座山，山上有座庙，庙里有个老和尚和小和尚。老和尚对小和尚说，我给你讲个故事。故事是……"这个段子可以无休止地重复下去。

（1）**两层套盒**。最简单的套盒只有两层，例如薄伽丘的《十日谈》：1348 年，意大利佛罗伦萨瘟疫流行，10 名男女在乡村一所别墅里避难。他们终日游玩欢宴，每人每天讲一个故事，共住了 10 天，讲了上百个故事。这里的第一层盒子是在佛罗伦萨避难的故事，第二层盒子则是每个人讲述的故事。这些故事又有相似的主题：教会的虚伪和人性的弱点。类似的结构也出现在印度民间故事经典《一只鹦鹉的七十个故事》中：一个男人要出门 70 天，他为了避免妻子忍受不了寂寞出轨，留下一只鹦鹉来监督她。每当妻子受到引诱准备出门时，鹦鹉总会讲一个故事来留住她，就这样讲了 70 个故事，直到丈夫回来。鹦鹉所讲的故事以"诡计"为主题，但实际上是告诫这个妻子不要耍诡计，要遵从道德。这 70 个故事中，一大半是关于男女之间偷情的故事，其余则是盗贼、妓女的诡计和断案故事。在这里，男子出门的 70 天里，让鹦鹉陪伴他的妻子是一个大故事，其中镶嵌了 70 个小故事。

（2）多层套盒。复杂一点的套盒结构会有更多层，例如我们熟知的阿拉伯民间故事集《一千零一夜》。聪明的山鲁佐德为了避免被可怕的苏丹国王绞死，她开始给国王每天讲一个故事。她运用了巧妙的手段，在每个故事的关键时刻中断，从而勾着国王的好奇心，让他暂时收起了"每晚必杀一女"的暴戾脾气。山鲁佐德能够把故事延长到 1001 个夜晚，依靠的就是套盒结构：她不断变换着叙述者，在故事中插入新故事。例如，在讲给国王的"盲人僧侣"的故事中，有四个商人，其中一个商人又给另外三个讲述巴格达麻风病乞丐的故事。在麻风病的故事里，又有一个冒险的渔夫，他在亚历山大港的市场上把海上冒险的故事讲给众人听。众人中又有一个人，他的故事是……这样一来，每个故事虽然没有因果联系，但是相互嵌套，打开一个盒子又有新的盒子出现。

 动手写吧！——你的故事宇宙展览

现在，你已经写了不少故事，而且随着写作的深入，一个故事的宇宙在你的头脑里越来越清晰、立体。你对人性、社会、命运等很多主题，都有了系统的、个性化的理解。现在，请你像艺术策展人一样，把你已经写好的故事拼贴或者套嵌在一起，想一个统一的主题作为故事宇宙展览的标题，比如弱者的反抗、尊严、自我的迷失、自由与逃避等。每个故事都是你的展品，你也可以设计一下它们出场的顺序。

该你啦！动手写吧！

你的故事宇宙展览标题：

你的故事展品：

经典作家和你一起写

扫码参考第八周范例 03

第八周 创意阅读：拆解 4 部经典作品的创意结构

那些让人耳目一新的经典作品是如何巧妙设计故事结构的？

如下我们为你精心挑选了 4 部作品范例，既有电影，也有小说；既有古代文学经典，也有后现代先锋文学作品。它们有的是将线性结构用到极致，有的则是尝试了新颖的非线性结构。

通过对这些作品的创意拆解，你可以更加了解结构设计方法。这些范例和写作练习是匹配的，你可以理解为经典作家和你一起写。同时，你也可以把它们作为延伸阅读书目的导读材料，用于故事创意写作工坊教学。

第八周创意阅读作品索引：

1. 电影《被解救的姜戈》（奥斯卡金像奖最佳原创剧本）

2.〔清〕曹雪芹、高鹗：《红楼梦》（四大名著之一，第三周创意阅读已提及）

3. 张大春：《如果林秀雄》（时报文学奖获奖作家作品）

4.〔英〕大卫·米切尔：《云图》（英国国家图书奖获奖作品）

第九周

叙述：讲故事的创意手法

回归说书人的传统，
在"讲"故事的氛围里"写"你的故事。

01 以我之名：第一人称叙述

> 叙述者是躲在纸面背后讲故事的声音。叙述者的声音主要用"人称"来指示。初学写作者可首选第一人称讲故事，有倾吐秘密和见证传奇两种写法。

◎ 创意写作思维模型

叙述者，是作者的代言人，是藏在纸面背后的那个讲故事的声音。在远古时代，讲故事是祭司才有的神圣能力，故事的叙述者就站在众人面前传唱神迹；后来，说书艺人成为一种职业，他们仅凭一张方桌、一块惊堂木，就能把故事生动地演绎出来。今天，我们写的小说、剧本等，依然保留了讲故事的传统，只是把祭司、说书艺人隐藏在纸面背后，读者在阅读时依然能很快辨识出他们的存在，就像几千年前围坐在篝火旁的先民一样，享受着故事的快乐。

叙述者的声音主要用"人称"来指示。第一人称，即叙述者是

"我"，"我"来讲述"我经历的、参与的故事"；第三人称，即叙述者是一个旁观者或者全知者，他像侦察兵一样把看到的主人公的故事转述给读者；最不常见的是第二人称，即叙述者是故事的操纵者，强行把读者拉入故事中充当主人公。我们分别以最简单的一句话示例：

> 我十七岁那年，遇到了我的初恋……（第一人称叙述）
>
> 李明（他）十七岁那年，遇到了他的初恋……（第三人称叙述）
>
> 你十七岁那年，遇到了你的初恋……（第二人称叙述）

通过对比我们可以看到，选择不同的叙述者，故事的表达效果也不同。这主要体现在读者与故事人物的距离上，也就是读者的代入程度。当用第一人称叙述时，读者好像透过纸面清晰地看到了讲故事的人，好像在倾听一个好友吐露的秘密往事，距离感很近；当用第三人称叙述时，读者好像和叙述者一样站在一旁，经由他的指引，去窥探别人的故事，距离感较远；而第二人称叙述时，读者像是被催眠了一样，坐在叙述者对面，被叙述者强行拉入故事中，以角色扮演的形式成为主人公，这时距离感为 0，但对于即将发生什么，读者一无所知，全凭叙述者操纵，这种方式有一定的危险性。总结而言，依据读者和故事人物的距离感来排序，依次是：

> 第三人称距离感＜第一人称距离感＜第二人称距离感

很多时候，我们需要反复试验，才能选出最合适的叙述者。尤其是当你越写越觉得"这个故事不可信"，越写越不知道如何推进的时候，你需要回过头去看看是不是可以换一个叙述者，换一个视角，再讲一遍。有时，一个故事本身的情节并不激烈，但叙述者的情感如果强烈，饱满的叙述动力也能打动读者。

当你不知道用什么人称的时候，可以先用第一人称讲故事。第一人称叙述者有两种类型：第一种，叙述者"我"就是主人公，讲述"我"自己的故事，这种方式可以概括为"倾吐秘密"；第二种，叙述者"我"是故事的见证者、重要参与者，讲述"我"看到的别人的故事，主人公是别人，这种方式可以概括为"见证传奇"。

（一）倾吐秘密型写法

第一人称的优势，就是作者便于把自我投射到故事当中，从而产生强烈的叙述动力。最典型的例子是自传体和日记体故事。许多作家就是用第一人称叙述的方式不断加工、重述自己的人生故事，通过写作袒露自我、剖析自我。常见形式如下。

（1）写回忆录，把镜头对准自己人生的某个阶段。这就像从一长条人生底片中撕下一张，放在阳光下仔细透视，然后用文字将它冲洗出来。高尔基的三部曲就是以作者三个人生阶段的经历为基础的。①《童年》讲述了主人公寄居在外公外婆家的童年，故事从父亲的葬礼开始。《在人间》讲述了少年的自己初尝世间冷暖，在鞋店、圣像作坊、轮船上打杂谋生的经历。《我的大学》写了主人公青春时步入大学的梦碎，于是从大学走向社会，在农村、贫民窟、码头、杂货铺向形形色色的人学习和不断成长。

（2）涂写精神画像，将自我的矛盾、心灵的阴影真实地展示出来。梵高短暂的一生中画了不计其数的自画像，他的自画像保持着忧郁、愤怒、紧张或憔悴的神情。作家在创造自传体式的人物时，往往会涌动出一种强烈的情绪能量。例如，三岛由纪夫 25 岁时写的《假

---

① ［苏］高尔基：《童年·在人间·我的大学》，刘辽逸等译，人民文学出版社2003 年版。

面的告白》，就是一幅青春的自画像，涂写着婴儿时的奇妙直觉，朦胧的同性恋情愫，孤独、敏感、慕强的自卑心理，恋爱时的苦闷和挣扎。① 第一人称叙述本身就是一种直面自我的勇气，就像卢梭《忏悔录》开篇写的那样："我在从事一项前无古人、后无来者的事业。我要把一个人的真实面目全部地展示在世人面前；此人便是我。"② 卢梭将自我的贪婪、怯懦、自私勇敢地袒露出来——白日梦、偷窃癖、出轨……这是一份灵魂的自传，是忏悔后的涅槃。

（3）对日记进行整理包装，发现真实日常下掩藏的暗流汹涌。许多作家有写日记的习惯，他们将日记进行剪辑、编排，就形成了日记体小说。当然，许多日记体小说也是虚构的，是作者为了增加故事的可信度、便于读者代入的形式创意。日记体可以将人物细微的心理放大，例如丁玲的《莎菲女士的日记》。莎菲的日记为读者提供了一个从心灵世界窥探爱情本质的特别视角，我们和莎菲一起经历着灵与肉的挣扎。而果戈理的《狂人日记》则是一则官场世界的精神分析笔记，通过波普里希钦这个小公务员的日记，我们看到了他是如何在官僚体制中变傻变疯的：他能听到狗的对话，还坚信自己看过两只狗的通信。类似的还有萨特的小说《恶心》，从安东纳·洛根丁的日记里，我们能真切感受到庞大的孤独与虚无。

（二）见证传奇型写法

第一人称叙述时，"我"也可以不是主人公。"我"可能会说出自己的见解，但故事的主体是"我"讲述别人的故事。

（1）"我"可以仅仅是一个引子，只在开头出现，引出主人公的

① ［日］三岛由纪夫：《假面的告白》，陈德文译，天津人民出版社2021年版。
② ［法］卢梭：《忏悔录》，陈筱卿译，上海译文出版社2014年版。

故事。张爱玲的《沉香屑·第一炉香》开头写道："请您寻出家传的霉绿斑斓的铜香炉，点上一炉沉香屑，听我说一支战前香港的故事。您这一炉沉香屑点完了，我的故事也该完了。在故事的开端，葛薇龙，一个极普通的上海女孩子，站在半山里一座大住宅的走廊上，向花园里远远望过去。薇龙到香港来了两年了，但是对于香港山头华贵的住宅区还是相当的生疏……"① 在这里，"我"没有身份，就像一个说书艺人一样从纸面走出来，告诉读者"我"即将讲旅居香港的上海女孩葛薇龙的故事。后文都是第三人称全知视角的叙述了。《沉香屑·第二炉香》也采取了类似的手法。张爱玲为什么不直接讲述主人公的故事呢？显然，这些故事都是发生在香港的奇闻轶事、风月八卦，以叙述者"我"作引子可以营造"传奇"的讲故事氛围，"我"讲给你听，其中细节真真假假，这就是一个小茶馆，请读者沉浸在听故事的氛围里。

（2）"我"可以是故事的见证者，以"我"的所见所闻增加主人公故事的可信度。余华的《活着》主体部分是福贵以第一人称讲述的一生苦难，但开篇作者还安排了一个叙述者"我"："我比现在年轻十岁的时候，获得了一个游手好闲的职业，去乡间收集民间歌谣……我遇到那位名叫福贵的老人时，是夏天刚刚来到的季节。"② "我"对这个与耕牛相依为命、叫着耕牛不同名字的老人产生了强烈的好奇，于是"这位老人后来和我一起坐在了那棵茂盛的树下，在那个充满阳光的下午，他向我讲述了自己"③。在这里，叙述者"我"是一个对民间故事感兴趣的年轻人，"我"是一个倾听和记录者，同时

---

① 张爱玲：《张爱玲作品集·第一炉香》，花城出版社 1997 年版。
②③ 余华：《活着》，作家出版社 2012 年版。

预期读者也许是和"我"一样的年轻人，他们可以一起来听福贵的传奇人生。

(3) "我"可以是故事的重要参与者，"我"陪伴、帮助主人公完成传奇。阿城的《棋王》中，主人公是王一生，叙述者是"我"——另一位一同插队的知青。整个故事是通过"我"和王一生的交往展开的：第一章，在火车上和王一生初见；第二章，在插队农场第二次见王一生，引出了脚卵和王一生的对弈；第三章，和王一生进城的见闻；第四章，见证王一生一人独战十个高手的高潮部分。故事的整个过程是"我"不断加深对王一生认识的过程，"我"的讲述也见证了棋王的诞生。[1]

 动手写吧！——我的秘密交换机

想象你在街角意外发现了一个"秘密交换机"，它就像《解忧杂货店》里的信箱一样，许多人往里面投递秘密。只要你写下自己的秘密，投进去，在交换机的另一头就会掉落一个别人的秘密。也就是说，你要先讲一个自己的故事，再听别人讲一个他的故事。在叙述别人的故事时，尝试用旁观者视角讲一遍，再想象你就是主人公，运用第一人称讲一遍，对比一下哪种效果更好。

---

[1] 阿城：《棋王》，上海三联书店 2019 年版。

我的秘密：我想讲一个自己的真实故事，我……

交换的秘密 1：以下是我听到的他的故事，那天，他……

交换的秘密 2：他向我讲述了自己，他说：我……

02 沙盘游戏：第三人称叙述

第三人称叙述者就像是一个故事舞台的灯光控制师。第三人称全知叙述者可以在主人公和其他人物视角之间自由切换，第三人称限知叙述者只能聚焦于主人公，紧随主人公行动。

◎ 创意写作思维模型

第三人称叙述拥有最悠久的历史。神话、史诗、英雄传说、童话、民间故事、评书和大部分类型小说都用的是第三人称。第三人称叙述的优势是，它给人一种遥远的、旁观的感觉，似乎更客观，尤其是历史小说，一般都用第三人称。对于写作者而言，使用第三人称更为自由，作者可以像设计沙盘一样，自如全面地摆放、移动人物。

根据叙述者的知情权限来划分，第三人称叙述可以分为两种类型，第三人称全知叙述和第三人称限知叙述。在写作时，你可以根据你的故事类型、主题和语调来确定使用哪种类型。

（一）第三人称全知叙述

全知叙述，又称上帝视角，叙述者是故事的设计者，他可以无所不在，既能站在制高点掌握历史发展和社会背景的全部信息，又能潜入每个人物的头脑，知道人物的所思所想，还能够运筹帷幄，指挥着各种人物的命运选择。

许多长篇小说的起笔都像是航拍，从极恢宏的远景慢慢聚焦到主人公身上。比如，先有一个仿佛时间老人一样的叙述者，对历史和时代做出一个论断，再引出人物。《三国演义》开篇一首《临江仙》，似乎看透了历史，然后再说"天下大势，分久必合，合久必分"，又为时代背景定调，之后才开始引出人物。狄更斯的《双城记》也是如此，开篇先评价时代，好像一个永生的哲人的语气，然后才引出索斯柯特太太："那是最美好的时代，那是最糟糕的时代；那是个睿智的年月，那是个蒙昧的年月；那是信心百倍的时期，那是疑虑重重的时期；那是阳光普照的季节，那是黑暗笼罩的季节；那是充满希望的春天，那是让人绝望的冬天……索斯柯特太太刚刚过了她的二十五岁大寿……"①

全知叙述者可以在主人公和其他人物视角之间自由切换。我们可以把全知叙述者想象为一个故事舞台的灯光控制师，他可以选择把追光灯打在主人公一个人身上："一八二四年，巴黎歌剧院举行最后一场舞会时，一位年轻人在走廊和观众休息室踱来踱去，走路的姿态显示出他在寻找一个因意外情况而留在家中无法脱身的女子。他那英姿勃勃的外表使好几个戴假面跳舞的人惊慕不已。他时而无精打采，时而急不可待，这种步态的奥秘只有那些上了年纪的女人和老

---

① ［英］查尔斯·狄更斯：《双城记》，宋兆霖译，作家出版社 2015 年版。

于世故的闲汉才能知晓。在这个盛大的交际场合，人们很少彼此注意，各人都有自己热衷的事情，大家关心的就是消遣本身。那时髦青年只顾焦急地找人，其他一切都已置之度外，对自己在人群中引起哄动竟然没有察觉。"[1] 在这里，舞会是混乱、昏暗的，只有主人公在追光灯下来回踱步，叙述者牵引着读者的目光，让读者追随主人公的视角探索故事。

全知叙述者也可以打开两盏甚至多盏照灯，让叙述视角在多个人物之间游移。例如余华的《爱情故事》开头就进行了三次切换[2]："一九七七年的秋天和两个少年有关。在那个天空明亮的日子里，他们乘坐一辆嘎吱作响的公共汽车，去四十里以外的某个地方。"在这里，故事世界出现了一辆行驶的公共汽车，交代了行驶的距离，人物在汽车里，但没有聚焦。"车票是男孩买的，女孩一直躲在车站外的一根水泥电线杆后。在她的四周飘扬着落叶和尘土，水泥电线杆发出的嗡嗡声覆盖着周围错综复杂的声响，女孩此刻的心情像一页课文一样单调，她偷偷望着车站敞开的小门，她的目光平静如水。"紧接着回忆买票的过程，镜头拍了男孩一下，又拍了女孩一下，最后聚焦在女孩身上，从她的周围环境深入她的内心活动。"然后男孩从车站走了出来，他的脸色苍白而又憔悴。他知道女孩躲在何处，但他没有看她。他往那座桥的方向走了过去，他在走过去时十分紧张地左顾右盼。"这时，镜头转移到男孩身上，他的神态、心理活动和动作都细致地展示出来。当然，余华也可以把视角完全集中在女孩一个人身上，只需要改成"女孩看到男孩从车站走了出来""女孩心里想，男

---

① ［法］巴尔扎克：《交际花盛衰记》，倪维中译，译林出版社1998年版。
② 以下文字选自余华《世事如烟》，作家出版社2012年版。

孩一定知道她躲在哪里"。

（二）第三人称限知叙述

全知叙述者知道每个人物的命运和心理活动，能够自如地切换视角，可以用平行线索讲述故事，也可以像《三国演义》那样散点投射式地叙述许多人物的故事。但是限知叙述时，叙述者是克制的，他不是什么都知道。他一般只知道主人公现阶段在想什么，要做什么，但如果不是亲眼所见或听人传话，主人公就不知道别的人物在想什么。因此，限知叙述者可以理解为一个绑在主人公身上的摄像机，他只能通过主人公的眼睛去看，通过主人公的耳朵去听，通过主人公掌握的有限信息去思考和判断。同时，他也不知道主人公之后的命运如何，他只是忠实地记录着眼前发生的一切。即使主人公当时看到的是假象，叙述者也只能在之后的情节里才意识到"被骗"，因此限知叙述就是一个叙述者附身于主人公的角色扮演游戏。

许多以悬念和反转为看点的故事，一般只能用限知视角。例如，侦探小说一般有着固定的叙述结构：有人遇害—侦探出场—仔细盘查—发现真凶—揭示真相。视角只能聚焦在侦探主人公身上，而不能提前暴露凶手是谁。读者的阅读快感在于和侦探一起破案，和侦探一样搜寻、怀疑、冒险，案件的具体细节只在最后揭晓。限知视角同样适用于欧·亨利式的故事。回忆一下《麦琪的礼物》，如果叙述者是全知的，他提前知道德拉会为吉姆买白金表链，他也知道吉姆会为德拉买全套发梳，他把这一切的过程都写出来。当德拉要卖头发的时候，吉姆也正在卖金表。叙述者还恨不得他们两个商量一下，以免竹篮打水一场空。那这样还会给读者震惊感吗？因此，限知视角的使用和主题呈现紧密相关，现实就是不可控的，我们只能在有限信息下做出最真实的选择。麦琪的礼物是双双落空的礼物，却又是最好的爱情见证。

相比全知视角，第三人称限知视角便于塑造真实、立体的人物。我们来看《红楼梦》第四十、四十一回中，如何写刘姥姥喝醉酒在大观园中摸索的场景。[①] 这个场景充分使用了第三人称内视角，透过刘姥姥的所见所思展现大观园的繁华："那刘姥姥及至到了房舍跟前，又找不着门，再找了半日，忽见一带竹篱，刘姥姥心中自忖道：这里也有扁豆架子。"大观园的篱笆是为了雅致造景，但是在刘姥姥眼中，篱笆就是种扁豆的。这是刘姥姥以村妇的眼光去看待和解读风景。再继续："于是进了房门，只见迎面一个女孩儿，满面含笑迎了出来。刘姥姥忙笑道：'姑娘们把我丢下来了，要我碰头碰到这里来。'说了，只觉那女孩儿不答。刘姥姥便赶来拉他的手，'咕咚'一声，便撞到板壁上，把头碰的生疼。细瞧了一瞧，原来是一幅画儿。刘姥姥自忖道：'原来画儿有这样活凸出来的。'一面想，一面看，一面又用手摸去，却是一色平的，点头叹了两声。"清朝时已有油画传入国内，墙上挂的就是贾家收藏的油画。油画讲究写实，跟照片一样，所以刘姥姥才会把画中人认作是真人。叙述者并没有直接客观地告诉读者"墙上挂了一幅油画"，而是借刘姥姥的误读传递给读者，令人读出故事的趣味，也让刘姥姥质朴可爱的形象跃然纸上。

 动手写吧！——回忆放映室

现在，想象你进入了一间回忆放映室，里面滚动播放着从你出生

---

① 以下文字引自〔清〕曹雪芹、高鹗《红楼梦》，齐鲁书社 2007 年版。

到现在所有的人生场景：有你坐在父亲肩头看灯笼的画面，有你和最好的玩伴打雪仗的画面，有你深情吻别爱人的画面，有你在黄昏和球友玩得酣畅淋漓的画面，有你在单位庆功会上举起酒杯的画面……请像《心灵奇旅》中的乔伊站在心灵之境的大厅回望一生一样，从中选取一个或多个画面，按照如下方式进行叙述。

第一步，像旁观者一样描述这个画面，你需要用这样的句式："在画面中，有一个男子（女子）正在……他（她）看上去……他（她）即将……"客观地叙述画面中发生的事和你看到的人物关系，不要写人物内心和你看不到的细节。

你的答案：

第二步，把自己代入画面中，但仍用第三人称，站在画中人的内视角重述故事。"他（她）心想……他（她）看到……他（她）准备去做……"

你的答案：

_____

_____

_____

_____

_____

　　第三步，从画面进入回忆，用第一人称复述故事："那是我十八岁的时候，我正在……我想要……我准备……"

你的答案：

_____

_____

_____

_____

_____

03 真实的诡计：含混的叙述者

> 莫言、福克纳等作家经常使用"我爷爷""我奶奶""我们"等含混的叙述者，兼具第一人称和第三人称的优势，达到虚实相生，既真切又传奇的叙述效果。

◎ 创意写作思维模型

作家为了让故事讲述得既真切又富有传奇性，会采取兼具第一、第三人称特质的含混的叙述形式。这种形式最常见于带有解构意味的家族叙事中。比如，莫言惯用"我爷爷""我奶奶"的人称，有些作家还会故意运用儿童语调，写"我的哥哥""我的姐姐"。这些叙述形式的共同点就是"复合性"，不是直接用第三人称，也不完全是第一人称，而是用"我"的视角讲述"我的亲属"的故事，但"我"的讲述又不一定可靠，因为亲属们年轻时候的故事，"我"并未参与，他们心中所想，"我"也肯定无法知晓。

（一）莫言的诡计

莫言《红高粱》的第一章写道："一九三九年古历八月初九，我父亲这个土匪种十四岁多一点。他跟着后来名满天下的传奇英雄余占鳌司令的队伍去胶平公路伏击日本人的汽车队。奶奶披着夹袄，送他们到村头。……父亲就这样奔向了耸立在故乡通红的高粱地里属于他的那块无字的青石墓碑。他的坟头上已经枯草瑟瑟，曾经有一个光屁股的男孩牵着一只雪白的山羊来到这里，山羊不紧不忙地啃着坟头上的草，男孩子站在墓碑上，怒气冲冲地撒上一泡尿，然后放声高唱：高粱红了——日本来了——同胞们准备好——开始开炮——有人说这个放羊的男孩就是我，我不知道是不是我。"① 这里的"我"是谁？"我"怎么会知道父亲十四岁时的细微感受？显然，这里的"我"是一个全知叙述者，"我"是父亲的儿子，同时也是父亲故事的创作者、转述者，莫言借"我的父亲"这种复合人称，既能达到第三人称全知叙述的自由效果，同时又像倾吐家族秘密一样，兼具第一人称的亲切感。特别是开篇就写"我父亲这个土匪种"，解构了父亲的权威，以调侃戏谑的语调讲述这个魔幻现实主义的故事，亦真亦幻，在历史和虚构间穿梭游弋。

类似的，王十月在《喇叭裤飘荡在一九八三》中采用了"我的哥哥王中秋"这样的人称，而不是直接讲述"王中秋的故事"。在写作中，你可以模仿这种方式，将人物冠以亲属称谓，达到特别的叙述效果。

（二）福克纳的魔法

还有一种复合人称，可以借鉴福克纳的作品。他在《献给爱米丽

---

① 莫言：《红高粱家族》，上海文艺出版社 2012 年版。

的一朵玫瑰花》中采用"我们"这个人称讲述了小镇一个将军遗孤爱米丽古怪而传奇的一生。整个故事的语调是这样的："日复一日，月复一月，年复一年，我们眼看着那黑人的头发变白了，背也驼了，还照旧提着购货篮进进出出。每年十二月我们都寄给她一张纳税通知单，但一星期后又由邮局退还了，无人收信……我们在那里立了好久，俯视着那没有肉的脸上令人莫测的龇牙咧嘴的样子……后来我们才注意到旁边那只枕头上有人头压过的痕迹。我们当中有一个人从那上面拿起了什么东西，大家凑近一看——这时一股淡淡的干燥发臭的气味钻进了鼻孔——原来是一绺长长的铁灰色头发。"① 这整个故事是借"我们"的眼睛去看，"我们"的耳朵去听，由"我们"来转述呈现的，那么"我们"是谁? 显然，"我们"是一个含混的叙述者，可能是和爱米丽同乡的同龄人，"我们"是一个群体，可能包括爱米丽的邻居、商店的人、曾经走进爱米丽家中讨要税款的人、街边看到过爱米丽的人、向爱米丽学过彩绘的人……"我们"将各自对爱米丽的印象拼凑在一起，让这个古怪、阴郁的女人的形象逐渐立体清晰起来，最后，"我们"一同参加葬礼，见证了爱米丽的秘密之门被轰然撞开的瞬间：她杀死了背叛她的未婚夫，将他藏在紧锁的阁楼里，这也是她长年闭门不出的原因。

 动手写吧!——再讲一遍：虚构练习

现在，请把你写的故事再讲一遍。你需要想象你的主人公就是平

---

① 〔美〕威廉·福克纳：《献给爱米丽的一朵玫瑰花：短篇小说集》，李文俊、陶洁等译，译林出版社 2015 年版。

行世界里你的哥哥、你的姐姐、你的孩子、你的父亲母亲、你的姑妈
或奶奶。例如：

"那是 1998 年夏天，我的军人父亲和我的护士母亲第一次见面。
他们……"

"1980 年的夏天，我的姑妈经历了人生的变故……她……"

如果你找不到状态，也可以想象你进入了故事里，你是见证主人
公传奇的其中一个人。你可以用"我们"的人称来重述故事。比如：

"我们正在打篮球，她——公认的校花从我们身边走过……"

"那是我们最后一次见到他，那是一个清晨……"

你的故事重述：

经典作家和你一起写

扫码参考第九周范例 01

04 特别声音：疯子、孩童、亡灵与动物视角

> 运用特别的叙述者讲故事，会产生特别的效果。常见类型有疯言疯语、儿童视角、亡灵叙事和动物视角。

◎ 创意写作思维模型

一个简单的故事，选取不常见的视角或语调，也可以讲出特别的意味。比如用疯言疯语讲故事，就会有幽默、反讽的意味。古希腊戏剧中专门有这样的傻瓜、疯子角色，他们表面说的是傻话，后来证明句句是箴言。用儿童的语调讲故事会令故事具有天然的新奇感，因为孩子的视角往往是天真的、充满想象力的。用动物视角讲故事，就会有奇幻和童话的感觉，以狗眼看人、以猫眼看社会、以一条鱼的眼光看世界，富有陌生化效果；用鬼魂、亡灵的视角讲人间故事，往往会产生惊悚的、令人反思的效果。

（一）疯言疯语

用疯癫之人的视角讲述故事，有时更能揭示真理。想一想济公传说，有那么多高僧大德，但济公的故事能够在民间一直流传，就是因为他虽是癫僧，插科打诨，放诞不羁，但做的是惩恶扬善的事，反而是俗世里最纯粹、最善良的人。《红楼梦》里写了四百多个人物，出场不多但令人印象最深刻的却是那个跛足道人，他云游四方，唱着《好了歌》，道出了超越时间的命运真相。鲁迅也很喜欢写疯人，《狂人日记》从被害妄想症患者的角度切入，揭示吃人社会的残酷面目：病态社会把正常人逼疯——祥林嫂就是其中的典型。

如果你写一个乡村小镇的故事，可以模仿电影《Hello，树先生》的视角，以一个妄想症患者的眼睛，勾勒出众生百态。如果你写的是爱情故事，可以从一个被伤害、被遗弃、被禁闭在阁楼里的女人写起，从她的视角重新审视爱情和婚姻。如果你要写的是科幻故事，也可以像《献给阿尔吉侬的花束》那样，写一个被疯狂科学实验伤害的人，他有多痴傻、多癫狂，科学就有多残忍，就有多令人反思。如果你要写的是悬疑故事，疯子可以作为不可靠叙述者，这是一种常见的叙述诡计：他的叙述误导读者，最后才揭示，原来他有人格分裂或妄想症，他的叙述并不真实。当然，疯言疯语也很适合寓言和喜剧故事，癫狂的智者、反常规的艺术家却一针见血道出了生活的荒谬之处，令我们反思人性的弱点。

（二）儿童视角

如果你去看迪士尼的电影、电视剧和所有衍生产品，就会惊奇地发现，迪士尼把一切故事都讲成了童话故事。采取儿童视角讲故事具有天然的魔力，它能为读者带来鲜活的想象力和游戏般的狂欢感。正所谓童言无忌，儿童往往能以特别的、可爱的方式道出真理，就像《皇帝的新装》里的那个小男孩。同时，儿童视角总是充满了各种好奇和不确定性，儿童不惧权威，敢于怀疑一切，不怕失败，敢于尝试，因此儿童视角很适合讲述成长小说、冒险故事、喜剧故事。通过儿童视角能够讲述爱情故事吗？当然可以，比如电影《西雅图夜未眠》。有时，儿童视角中的儿童不一定是真人，类似电影《帕丁顿熊》那样，拟人化的小熊与人类家庭的互动，本质上也是一种儿童视角。这种套路被日本动漫产业应用到了极致，他们的"萌经济"正是通过塑造"萌"的形象，以童趣的眼光讲述让人快乐的可爱故事。如果你写的是惊悚、悬疑故事，也可以尝试使用儿童视角，儿童可能是目击者、受害者，或者关键人物。

许多纯文学作家非常善于运用儿童视角，比如王朔的《看上去很美》、余华的《在细雨中呼喊》、莫言的《透明的红萝卜》。王小波的小说虽然写的是成人的残酷世界，但内在的语调里却有一种天真烂漫的孩子气，这种孩子气令作品拥有了举重若轻的迷人质感。

（三）亡灵叙事

亡灵叙事具有悠久的历史。《麦克白》里，有幽灵的魅影和女巫的诅咒；狄更斯的《圣诞颂歌》里，一个吝啬鬼遇到了三个幽灵，幽灵带他回望一生；芥川龙之介的《竹林中》，女巫做法，让金泽武弘的亡灵开口诉说冤情。《牡丹亭》中，最精彩的故事当属还魂记：情不知所起，一往而深；生者可以死，死可以生。鬼魂讲述生前故事，或者在天堂里回望人间，也是一种文学母题。

最令人震撼的亡灵叙事的小说开头，当属帕慕克的《我的名字叫红》："如今我已是一个死人，成了一具躺在井底的死尸。尽管我已经死了很久，心脏也早已停止了跳动，但除了那个卑鄙的凶手之外没人知道我发生了什么事。而他，那个混蛋，则听了听我是否还有呼吸，摸了摸我的脉搏以确信他是否已把我干掉，之后又朝我的肚子踹了一脚，把我扛到井边，搬起我的身子扔了下去。往下落时，我先前被他用石头砸烂了的脑袋摔裂开来；我的脸、我的额头和脸颊全都挤烂没了；我全身的骨头都散架了，满嘴都是鲜血。已经有四天没回家了，妻子和孩子们一定在到处找我。我的女儿，哭累之后，一定紧盯着庭院大门；他们一定都盯着我回家的路，盯着大门。"① 这是一段对残酷暴力的控诉，"我"的灵魂站在角落盯着破碎的肉身，将遭遇的不公重述出来。类似的叙事和巧妙视角，我们在余华、莫言、阎连科的小说中都能找寻到踪迹。

（四）动物视角

运用动物视角讲故事具有悠久的历史。从远古的图腾文化到万物有灵的民间信仰，动物视角是人类观照自身、反思人性必不可少的参照系。

动物故事也是民间故事和童话中最大的子类型之一，比如《聊斋志异》中有许多"人变虎"、"人变狼"、狐仙、獐子精的故事。

最有名的"人变动物"小说当属卡夫卡的《变形记》："一天早晨，格里高尔·萨姆莎从不安的睡梦中醒来，发现自己躺在床上变成了一只巨大的甲虫。他仰卧着，那坚硬得像铁甲一般的背贴着床，他稍稍一抬头，便看见自己那穹顶似的棕色肚子分成了好多块弧形的硬片，被子在肚子尖上几乎待不住了，眼看就要完全滑落下来，比起

---

① ［土耳其］奥尔罕·帕慕克：《我的名字叫红》，沈志兴译，上海人民出版社2016年版。

偌大的身躯来，他那许多条腿真是细得可怜，都在他眼前无可奈何地舞动着。"① 卡夫卡发明了一种"虫视法"的特殊视角，让格里高尔以人的思想操纵甲虫的身体，以甲虫的贴地视角来感受人情冷暖。其实，早在古罗马，奥维德就写过一本名为《变形记》的诗集，可见人和动植物的身体互换是一种古老的文学创意。

从左拉的《猫的天堂》到夏目漱石的《我是猫》，都是借猫的视角来讽刺人性的贪婪、懒惰与自私，莫言《生死疲劳》里的西门闹则转世成了驴、牛、猪、狗、猴、大头婴儿，莫言以五种动物和一个畸形儿童的视角串联起半个世纪的农村土改史。

✏ 动手写吧！——寻找目击者

想象在故事世界里所发生的任何事都有除当事人以外的目击者：可能是躲在角落里的拾荒者、深夜上厕所的小男孩，或者是偶然路过的醉汉。即使是孤身一人在卧室，也会有鱼缸里的鱼、笼子中的宠物仓鼠目睹着一切——没错，这是英剧《黑镜》里的创意。即使当事人死了，也可以召唤出亡灵来重述所发生的故事。

现在，请你把之前创作的故事拿出来，或者仅从里面抽取一个场景片段——争吵、打斗、杀人、甜蜜的表白、追逐等。这些场景中有一些被你忽略的隐秘的目击者。请运用你平时不会使用的陌生化的视角将故事再写一遍，可以使用的视角示例如下：

1. 从疯言疯语角度，以一个疯傻或心理病态者的视角描述他看

---

① ［奥地利］弗朗茨·卡夫卡：《变形记：卡夫卡中短篇小说全集》，张荣昌译，上海译文出版社 2018 年版。

到的场景；

2. 以童趣的眼光，用一个儿童的语调讲述目睹的场景；

3. 以亡灵的身份故地重游，讲述曾发生在这里的死亡事件；

4. 以一条狗、一只蟑螂、一只鸟的视角，讲述它们眼中的人类世界。

以上可以依次尝试，也可以任选其一。

你的目击者是：

他/她/它看到了：

05 推开罗生门：POV 视点法

> POV 视点法，是打破故事的单一叙述者模式，采取不同叙述者切换的方式讲故事。常用的有两种类型：故事重述型和交叉推进型。

◎ 创意写作思维模型

POV（Point of View）称为"人物视点写作法"，指作者可以根据故事讲述需要自由切换叙述者，以不同叙述者的第一人称内视角讲述故事。一般分为两种方式，第一种是同一件事借助不同的参与者角度重述多次，例如电影《罗生门》以及罗生门式的悬疑小说；第二种更复杂一些，借由不同人物的第一人称视角，交叉、重叠式地共同推动整个故事的发展，例如《冰与火之歌》就是这种类型。

POV 视点法越来越受到作家们的青睐，它适用于人物众多的长篇小说，或者涉及不同立场、不同利益群体的悬疑小说，以及为了重现历史复杂性的历史小说，为了表现内心情感的爱情故事等。

（一）故事重述型

黑泽明的电影《罗生门》改编自芥川龙之介的小说《竹林中》和《罗生门》。在电影里，黑泽明保留了原作中的平行叙述结构，分别以强盗多襄丸、武士的妻子真砂、樵夫、武士的亡魂四个人物的不同视角，将案发过程进行了重述。在此过程中，每个人都从自己的利益出发，供述中有共通的事实，也有各自的谎言。比如，樵夫为了掩盖自己偷走匕首的贪婪，真砂为了掩盖自己的自私，武士为了掩盖自己的耻辱，叙述中都对案件进行了重构。

类似的方法已经成为刑侦故事惯用的叙述手法：逐个审问与犯罪有关的嫌疑人，甄别出谎言和诡计，从中推理出真凶。如果你要写的是剧本杀故事，一定要练习这种方法，因为剧本杀中，每个玩家的角色扮演剧本都是对同一个故事的分视角重述，里面有共通的事实，也有各自的秘密。

（二）交叉推进型

福克纳的小说《我弥留之际》[①] 采取了更复杂的交叉推进型的POV叙述手法。整个故事原本只有一条线索：农民安斯按照亡妻艾迪的遗愿，率全家人扶送艾迪的灵柩到妻子老家杰弗逊镇，准备将妻子安葬到她娘家的墓地里，在此过程中遭遇了许多风波。但福克纳却将这个类似《天路历程》《旧约·出埃及记》的结构拆分成了59个章节，以叙述者的人名为章节标题，安排了15个人物切换担任叙述者，最重要的叙述者是达尔，其他还有皮保迪、惠特菲尔德、瓦达曼、科拉、卡什、塔尔、朱厄乐、阿姆斯蒂、莫斯利、麦高恩、安斯、杜

---

① ［美］威廉·福克纳：《我弥留之际》，李文俊译，上海译文出版社2004年版。

威·德乐、萨姆森、艾迪。

及至《喧哗与骚动》，福克纳已经将这种手法应用到了炉火纯青的地步。这个小说讲述的是南方没落地主康普生一家的家族悲剧。福克纳通过三兄弟——班吉、昆丁与杰生各自的视角，分别讲了一遍他们自己的故事，随后又用"全知视角"，以迪尔西为主线讲剩下的故事。[1] 小说出版十五年之后，福克纳为马尔科姆·考利编的《袖珍本福克纳文集》写了一个附录，把康普生家的故事又做了一些补充。因此，福克纳说，这个故事被重述了五遍。当然，它们不是简单的重复，而是各有特点，互为补充。美国诗人兼小说家康拉德·艾肯对《喧哗与骚动》赞叹道："这本小说有坚实的四个乐章的交响乐结构，它是一个艺术品，是一部完整的创作技巧的教科书……"与之类似的是莫言的《檀香刑》，整部小说分为三个部分[2]：上部"凤头部"，采取四个人物内视角分别讲述，并形成了四种语调，分别是"眉娘浪语""赵甲狂言""小甲傻话""钱丁恨声"；中间的"猪肚部"用的是第三人称全知视角；"豹尾部"又回归 POV 手法，和"凤头部"呼应，形成了"赵甲道白""眉娘诉说""孙丙说戏""小甲放歌""知县绝唱"五个声部。

 动手写吧！——破译故事密码

凝视着《清明上河图》中的 824 个人物，作家冶文彪将画中人逐一命名，让他们站在各自的位置上目睹着客船穿过虹桥，一场惊天迷

---

① ［美］威廉·福克纳：《喧哗与骚动》，方柏林译，译林出版社 2015 年版。
② 莫言：《檀香刑》，上海文艺出版社 2012 年版。

局发生，由此诞生了六卷本的《清明上河图密码》。

现在，请你像冶文彪一样，选择一幅包含多人的名画、照片或者新闻报道的插图。它可能是一场起义的群像画，可能是一起跳楼事件的新闻照片，可能是救火现场的图片，也可能是电影中多人围坐酒吧的截图，或者仅仅是你脑中的一个画面……

第二步，凝视图画，想象画中每个人都是主人公，为他们每个人赋予名字、职业、秘密的身世，站在他们各自的位置上，重述画中正在发生的事。

画中人1：（身份、职业、个人身世）	讲述：
画中人2：	讲述：

画中人 3：	讲述：
画中人 4：	讲述：
画中人 5：	讲述：

画中人6：	讲述：

经典作家和你一起写

扫码参考第九周范例02

06 强力驱动：第二人称叙述游戏

第二人称叙述是很多先锋作家热衷使用的技巧，它就像催眠指令，将读者强行拉入故事中成为主人公，达到游戏化的叙述效果。

◎ 创意写作思维模型

第二人称叙述比较少见，却具有一种天然的魔力。现在，你可以从书架上随机挑选一本小说，将它改为第二人称叙述。比如，卡夫卡的《变形记》开头，改为第二人称就是："当你从烦躁不安的梦中醒来时，发现你在床上变成了一个巨大的甲虫。你的背成了钢甲式的硬壳，你略一抬头，看见了你的拱形的棕色的肚皮……"用第三人称叙述时，读者还能作为旁观者去看格里高尔的笑话，现在，第二人称让距离感消失了，读者瞬间被拖入故事中，"你变成了甲虫"——那种匪夷所思的震惊和不知所措的无助瞬间令人感同身受。

如果，我们再改一下《老人与海》的开头呢？"你是个独自在湾流中一条小船上钓鱼的老人，至今已去了八十四天，一条鱼也没逮住。头四十天里，有个男孩子跟你在一起。可是，过了四十天还没捉到一条鱼，孩子的父母对你说，老人如今准是十足地倒了血霉……你消瘦而憔悴，脖颈上有些很深的皱纹。腮帮上有些褐斑……褐斑从你脸的两侧一直蔓延下去，你的双手常用绳索拉大鱼，留下了刻得很深的伤疤……"怎么样？从第一句开始，你是否感到瞬间被投掷到了茫茫大海的小船上？孤独感弥散在字里行间，甚至像戴上 VR 眼镜一样，你的房间也变成了故事世界里的海洋。

先锋文学思潮产生时，许多作家都开始有意识地运用第二人称叙述，达到颠覆性的实验效果。对第二人称运用最娴熟，乃至成为第二人称叙述宗师的，当属卡尔维诺，他的《寒冬夜行人》巧妙地运用第二人称营造了套盒、迷宫叙述结构。[①] 这部小说的外在框架故事以读者"你"作为主角，讲述的是"你"充满期待地买来卡尔维诺的新小说《寒冬夜行人》，看到第 32 页，发现该书装订错误而被迫中断阅读。于是"你"找到书店，要求更换。书店老板解释，他已接到出版社通知，卡尔维诺的《寒冬夜行人》在装订时与波兰作家巴扎克巴尔的《在马尔堡市郊外》弄混了，答应更换。但是读了换来的小说《在马尔堡市郊外》的开头，"你"发现后面还是印刷错误，于是又去找书店换，如此换了 10 次，读了 10 个完全不同的开头。这个开头对应 10 个没有讲完的故事，此为第二层盒子。这个开头对应 10 个章节：（1）如果在冬夜，一个旅人；（2）在马尔泊克镇外；（3）从陡坡斜倚下来；（4）不怕风吹或晕眩；（5）在逐渐累聚的阴影中往下望；（6）

---

① 以下参考［意］伊塔洛·卡尔维诺著《寒冬夜行人》，萧天佑译，安徽文艺出版社 1993 年版。

在一片缠绕交错的线路网中；（7）在一片穿织交错的线路网中；（8）月光映照的银杏叶地毯；（9）环绕一空墓；（10）什么故事在那头等待结束？而这些开头又恰好可以串联成一个完整的句子，这个完整的句子又是一个新的开头。除了"读者'你'寻找下文"的这条线索，还有另外一个盒子：在换书和寻找书的下文时，读者"你"遇到了另一个女读者柳德米拉，你们一起寻找真相。结果发现这一切都是由一个叫马拉纳的译者造成的。马拉纳是柳德米拉的前男友，因为柳德米拉爱看小说，他觉得小说的作者是他的情敌，于是他就开始拼凑和伪造各国的小说，以使柳德米拉感到困倦、疑惑，不至于忘了他。"你"和女读者一起寻找这个译者，并没有找到……卡尔维诺的小说具有游戏化的效果，后世许多游戏脚本编剧都竞相学习卡尔维诺。

 动手写吧！——催眠大师写作法

你做过催眠吗？催眠师是怎样发布指令的？没错，他用的就是第二人称叙述。现在，想象你就是一个催眠大师，你要通过文字指令，对你的读者进行催眠，引导他们进入你那梦幻的、传奇的故事世界。

你需要注意如下四点：

1. 为了使指令能够快速有效地被读者接受，你要尽量使用快节奏的短句，或者流畅的、浅显易懂的长句，避免绕口、繁琐的形容词；

2. 指令要考虑读者的情绪变化，故事一般只有一条线索，发展要循序渐进；

3. 指令要引导读者代入，故事中，"你"是主人公，一切围绕

"你"来展开，其他人物为"你"服务；

4. 可以将已有故事改换为第二人称叙述，重写一遍。

开始你的催眠之旅吧！

你……
_____

经典作家和你一起写

扫码参考第九周范例 03

07 专属语调：用口语和方言讲故事

> 讲故事，要找到适合自己的语调。最常用的方法就是口语写作法和方言写作法：你可以用普通话或方言先口述，再整理成文字。

◎ 创意写作思维模型

语言风格就是作家的个性化标签。你有没有过这种经历：因为喜欢一个作家的语言风格而爱上了作家笔下的故事。好的语言拥有画龙点睛的魔力，可以让一个平平无奇的故事变得迷人而有趣。相反，差的语言僵硬、无趣，会把一个好故事讲坏。

怎样运用自己的专属语言风格讲故事呢？我们可以从口语和方言写作切入。

（一）口语写作法

回顾人类讲故事的历史，最早的故事是祭司口述的神话和英雄史诗，人类经历了漫长的口传文学才进入书面文学时代。即使是书写的故事，也保留了"说书人"的文化基因，比如明清的文人小说也多取材于评书演绎和民间传说。回想我们第一次编故事的经历，也许就源于童年的"过家家"。并不是每个人都会去写故事，但每个人都有说故事的本能冲动。因此，当你开始创作小说或者电影剧本、戏剧、动漫故事时，试着先对着空气说一遍，假想读者就坐在你对面听故事，你可以边说边写，也可以录音或用语音写作软件记录后转译成文字。

其实，很多大作家都喜欢用口述的方式写作。弥尔顿的《失乐园》就是口授完成的。他先是向家人口述了已经构思好的诗行，让家人写下来，每当有朋友、学生到访，他也会即兴创作，在场的人做记录员。陀思妥耶夫斯基一生高产，而且写的都是大部头的著作。为了提高效率和保持创作热情，他的许多作品都是口述完成的，在创作小说《赌徒》时，他专门招聘了一个速记员，通过口述记录，一个月就完成了这部书稿，在此过程中两人擦出了爱的火花，速记员安娜成为了陀思妥耶夫斯基的妻子，这样的合作在婚后也一直进行。

诺贝尔文学奖得主斯坦贝克在很年轻时，就意识到把故事"讲"出来，比直接"写"出来更有冲击力。他总是找邻居讲述自己的小说，他沉溺于说故事时词句之间形成的微妙节奏，如果没有听众，他也会一边写一边大声朗读。在写代表作《人鼠之间》时，他在书桌前排演着故事中的对话和动作，像表演话剧那样口耳身心并用地写作，这是口述写作的升级版。为了让口述更有效率，斯坦贝克购买了专门的录音机，先口述，再回听复写，最后修改。口述写作使他总是能保留住鲜活的灵感，也使他的小说很有戏剧感和在场感。

先锋作家马原也热衷于口述写作法。他在患病后前往海南休养，开启了创作长篇小说《牛鬼蛇神》的计划。为此，他专门买了一个投影仪，并聘请了一个速记助理。他在偌大的房间里口述，助理打字记录，将文字同步投影在墙面上。这是一个奢侈的口语写作现场，不过效果很好，马原以更快的速度写完了《牛鬼蛇神》。

（二）方言写作法

在进行口述写作时，我们不一定要用普通话讲故事，我们可以回归方言，找到方言的语调。方言是我们写作时最初的语调，那是来源于故乡，来源于父母祖辈的语言方式，有着深厚的文化底蕴。方言写作是一种语言本能，也是一种最顺手的写作语调。

许多大作家都自觉地使用方言的语调进行写作：贾平凹用陕西话，刘震云用河南话，王朔用北京话，金宇澄用上海话。读他们的小说时，能从字里行间感受到方言独有的句式和节奏。从某种意义上说，方言写作就是回归作家自己的精神故乡。

在写故事时，你可以先用普通话口述，如果找不到贴切的感觉，就用方言去讲，一边讲一边记录，然后将方言转译为书面语，个别表达非常传神的方言词语也可以保留。

 动手写吧!——语音转录写作法

现在，请准备好录音软件，召唤出体内说书人的灵魂，发挥口语写作的即兴力量，把你构思好的故事先说一遍（鼓励你用方言去讲），然后再转译成文字。你可以先试着转录一个片段，找找感觉。

如果你已经写好了故事，就把它大声读出来，像演播广播剧一样，也可以用方言读出来，找到最舒服的语调，修改你的故事。

你的故事：

经典作家和你一起写

扫码参考第九周范例 04

08 发明你的语言：语感嫁接法

为了培育个性化的语言风格，你也可以尝试语感嫁接法：继承古典文学的语感，借用翻译语言的语感，发挥双语写作的优势。

◎ 创意写作思维模型

1947 年，法国作家雷蒙·格诺出版了一部实验小说，取名叫《风格练习》。在这本书里，他运用 99 种语言风格，讲述了同一个故事："在公交车上，我遇见一个脖子很长，戴着奇怪帽子的年轻人，他和别人发生了争执，但很快就离开原地找到空位坐下。不久之后，我下了车，又在圣拉萨尔火车站碰见他。他正和另一个人谈论着上衣扣子的事。"① 这样一个看似无聊的故事，经由戏剧体、广播腔、电报体、十四行诗体、咆哮体、押韵说唱等不同方式讲出来，竟然别有

① ［法］雷蒙·格诺：《风格练习》，袁筱一译，人民文学出版社 2018 年版。

一番趣味。

　　除了口语和方言的天然语调，你也可以借鉴格诺的方式，模仿不同类型的语调，将其重组、改装，做风格练习的实验，重新发明语言。这种方法叫作语感嫁接法，需要你大量、广泛地阅读，阅读范围既包括你喜欢的作家作品，也包括你完全不了解的知识领域，如法律、医学、金融、生物学等，培育出新奇风格。以下是经典作家所做的尝试。

　　（一）继承古典文学的语感

　　许多当代作家自觉地从古典文学中汲取营养。席慕蓉、郑愁予、戴望舒、余光中等诗人直接把唐诗、宋词的意象和句式运用到现代诗里，不少小说家也模仿古诗词的韵味，创作散文化的小说。20世纪80年代以来，寻根文学流派的小说家主动摆脱欧化语言的束缚，自觉学习和继承古代笔记小说的表达方式：多用精简有力的短句，融合古文韵味和白话文表达，颇有现代《史记》和《聊斋》的感觉。其中，贾平凹的《废都》就刻意模仿《金瓶梅》和《红楼梦》的语感，讲述当代文人艺术家的精神传奇。

　　（二）借用翻译语言的语感

　　20世纪80年代以来，大量西方文学翻译作品引入国内，许多小说家开始将马尔克斯、博尔赫斯、卡尔维诺等作家奉为导师，借用翻译语言的语调讲故事。比如王小波的《一只特立独行的猪》，将翻译的学术语言和京腔相结合，以富有逻辑的语调讲述反逻辑的"猪兄"的故事，获得了独特的反讽效果。

　　（三）发挥双语写作的优势

　　如果作家本身懂得多种语言，就可以将多语种的语感互译、混合，形成世界性和民族性兼具的语言风格。例如，村上春树英文基础很好，早年一直兼职英文小说翻译，他在写作时会刻意运用英文和日文双语思考。有时，他会先用英文写一遍（或在脑海中写一遍），然后用日语表达（转移）出来。因此，他发明了一种村上春树式日语——日本人读出了奇特感，欧美人读出了亲切感。类似的还有纳博科夫，他是俄裔美国人，从小精通俄语、英语和法语，在写小说时，他能够将俄语的长句和英语的短句相结合，创造出令人惊叹的细节美学。

 动手写吧！——风格 DIY 实验室

现在，请你选择最喜欢的作家，细读他们的作品并进行摘抄，揣摩他们的语感，试着进行仿写。你可以模仿古代作家，继承古典文学的遗风，写文白相间的小说或古风小说；你也可以模仿外国作家，尝试用翻译语言的语感讲述你的专属故事；如果你对语言学习有兴趣，也可以像村上春树、纳博科夫那样，运用双语写作，重新发现中文。

现在，运用崭新的语言风格把你的故事再讲一遍吧！

你尝试的风格：

经典作家和你一起写

扫码参考第九周范例 05

第九周 创意阅读：拆解 8 部经典作品的叙述风格

那些经典作品是如何运用巧妙的叙述技巧和个性化的语言风格讲故事的？下面精心挑选了 8 部作品范例，涵盖了茅盾文学奖、诺贝尔文学奖等获奖作品。通过对这些作品的创意拆解，你可以发现讲故事的更多可能性。这些范例和写作练习是匹配的，你可以理解为经典作家和你一起写。同时，你也可以把它们作为延伸阅读书目的导读材料，用于故事创意写作工坊教学。

第九周创意阅读作品索引：

1. ［美］威廉·福克纳：《献给爱米丽的一朵玫瑰花》（诺贝尔文学奖获奖作家作品，第三周创意阅读已提及）

2. 双雪涛：《平原上的摩西》（百花文学奖中篇小说奖）

3. 莫言：《欢乐》（诺贝尔文学奖获奖作家作品）

4. 姜淑梅：《乱时候，穷时候》（传奇奶奶姜淑梅方言写作佳作）

5. 刘震云：《一句顶一万句》（茅盾文学奖获奖作品）

6. 金宇澄：《繁花》（茅盾文学奖获奖作品）

7. 贾平凹：《废都》（费米娜外国小说奖获奖作品）

8. 王小波：《一只特立独行的猪》（经典杂文故事）